STRAEON
BOB LLIW

Eleri Llewelyn Morris

Christopher Davies

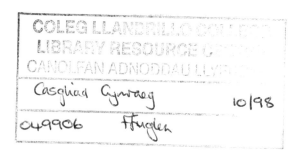
Argraffiad Cyntaf 1978
Adargraffwyd:
1984, 1985, 1986, 1988, 1989, 1990, 1993, 1997

Cyhoeddwyd gan
Christopher Davies (Cyhoeddwyr) Cyf.
Blwch Post 403
Abertawe, SA1 4YF

ISBN 0 7154 0471 7

*Argraffwyd yng Nghymru gan
Wasg Dinefwr
Heol Rawlings, Llandybïe
Sir Gaerfyrddin, SA18 3YD*

I Mam a Dad

Diolchiadau

Ymddangosodd rhai o'r straeon hyn yn y cylchgronau a'r cyfrolau a ganlyn, a mawr yw fy niolch i'r golygyddion am ganiatâd i'w cyhoeddi yn y gyfrol hon: *Storïau '71; Storïau Awr Hamdden 2; Storïau Awr Hamdden 3; Barn; Bro; Y Gloch,* cylchgrawn Ysgol Botwnnog, a *Llanw Llŷn.*

Dymunaf ddiolch yn ogystal i Wasg Christopher Davies am bob cymorth gyda'r gwaith, ac am ei llafur glân a'i gofal arferol.

CYNNWYS

ELI BROWN

'Fedra'i ddim cofio amser heb Eli. I mi, 'roedd hi'n bod o'r dechrau rhywsut, fel Mam a Dad. Ac eto, medden nhw i mi, 'ddaeth hi ddim i fyw i Fron Pwll at ei nain nes fy mod i'n dair oed. Gallwn weld Bron Pwll o ffenest llofft ein tŷ ni; un o'r tai hynny gyda dwy ffenest lofft a dwy ffenest waelod a drws yn y canol ydi o — tŷ ac iddo wyneb. 'Fyddai nain Eli byth yn cau'r drws, ac eithrio pan fyddai hi'n tresio bwrw neu'n chwipio rhewi, a rhoddai hyn olwg gyfeillgar i wyneb y tŷ, fel pe bai'n chwerthin â'i geg yn llydan agored. Dro arall, pan fyddai'r haul ar fachlud, byddai swigan felyngoch ohono yn cael ei dal gan ffenest lofft Bron Pwll, nes gwneud i'r tŷ edrych fel pe bai'n wincio ar ein tŷ ni.

'Hoffais i erioed mo Eli. Anaml y byddai hi'n gwenu, ac 'welais i erioed mohoni'n wincio. Wyneb bach crwn fel pêl oedd ganddi, a llygaid lliw dim byd a gwallt lliw llygoden. Yn y llun cyntaf sydd gennyf i ohoni, mae ei hwyneb yn un clwstwr o frychni, ond cliriodd y rheiny fel yr aeth hi'n hŷn. Wrth ymyl Eli yn y llun, y mae Gwenllian, gyda'i hwyneb siâp calon tlws, a'i llygaid mawr brown prydferth fel llygaid buwch. Eli druan! Mae o fel llun o *Beauty and the Beast*. Un o'r genethod lwcus hynny a chanddyn nhw bob peth oedd Gwenllian. 'Roedd hi'n eithriadol o dlws, a chawsai bob dim y gofynnai amdano gan ei rhieni. Pensaer oedd ei thad. Y hi oedd un o'r goreuon yn ein dosbarth ni yn yr ysgol, a hi hefyd oedd ein harweinydd naturiol ni. 'Roedd ganddi ryw awdurdod rhyfedd dros bawb, ac 'feiddiai'r un ohonom ei chroesi. Oherwydd 'doedd hi ddim yn eneth 'neis'. Yn wir, Gwenllian oedd y *bitch* fwyaf a gwrddais â hi erioed.

'Doedd Eli ddim yn ddel, ac 'allai ei nain ddim fforddio rhoi llawer o ddim iddi. 'Doedd ganddi hi ddim personoliaeth na ffrindiau, ond pan ddeuai'n amser arholiadau yn yr ysgol, byddai Eli'n curo pawb yn rhacs bob tro. 'Roedd hi'n hynod o ddeallus, a hi oedd y gorau yn ein dosbarth ni o ddigon.

'Doedd dim yn gasach gan Gwenllian na chael ei churo mewn prawf neu arholiad gan Eli.— o bawb. Cofiaf fel y byddai'n aros amdani, gyda'i chynffon hir o gefnogwyr gwan, yn barod i'w brathu gyda llond ceg o eiriau cas.

''Ylwch yr hen styd bach yn dŵad,'' gwaeddai Gwenllian, pan welai Eli ar ôl i ni gael ein marciau, a deall mai y hi oedd y cyntaf unwaith eto.

''Yr hen styd bach!'' adleisiai rhywun arall, a safai y tu ôl i Gwenllian.

Yn amlach na pheidio, Gwenllian ei hun fyddai'r ail yn y dosbarth, ond 'chlywais i neb erioed yn meiddio ei chyhuddo hi o 'stydio'.

Ambell dro, gofynnai Gwenllian i Eli: ''Ble mae dy dad, Eli?''

'Wyddai'r un ohonom ni beth oedd arwyddocâd y cwestiwn ar y pryd, ond 'roeddem yn hoffi clywed Gwenllian yn ei ofyn, er mwyn cael gweld Eli yn crio. Crio wnâi hi bob tro; 'wyddai hi ddim mo'r ateb. Edrychem ninnau arni, ein teimladau yn gymysgfa o dosturi a'r llawenydd rhyfedd hwnnw a deimlais sawl tro wedyn yn ystod fy mywyd — y llawenydd o weld rhywun yn dioddef. 'Roedd gweld Eli yn crio fel gwylio teirw yn ymladd.

Eli, 'dw i'n teimlo'n wir ddrwg heddiw am imi fwynhau dy weld di'n cael dy frifo, ac am deimlo pleser wrth dy weld yn dioddef ... Ond pe byddwn i wedi mentro ochri efo chdi yn

12

ystod un o'r munudau hynny pan deimlwn dosturi tuag atat ti, 'wyddost ti beth fyddai wedi digwydd? Mi fyddai Gwenllian wedi troi arna' *i*. Tra'r oeddet ti ganddi hi, i'th frifo ac i'th sathru, 'roeddwn i — a phob plentyn arall — yn ddiogel; o'th herwydd di, 'roeddem ni'n gallu mynd i'r ysgol bob dydd heb ofn, er bod Gwenllian yn teyrnasu.

Cofiaf i Eli gael profiad annifyr iawn un tro pan oeddem ni yn y trydydd dosbarth yn yr Ysgol Ramadeg. 'Roedd hi wedi ffansïo'r bachgen mwyaf golygus yn y dosbarth, heb yn wybod i neb. Ac mae'n debyg na fuasai'r un ohonom wedi dod i wybod ychwaith, oni bai i Miss Parri, ein hathrawes Hanes, ddal Eli yn ysgrifennu mewn gwers yn hytrach na gwrando arni hi yn adrodd anturiaethau Harri'r VIIIfed:—

"Elin Brown. Be' 'dach chi'n 'i 'neud?"

Cochodd Eli.

"Dim byd, Miss."

"Dim byd, wir! 'Roeddach chi'n 'sgwennu pan ddylach chi fod yn gwrando. Be' 'dach chi 'di 'sgwennu?"

"'Sgwennu be' oeddach chi'n 'i ddeud, Miss."

"O! A be' oeddwn i'n 'i ddeud?"

Distawrwydd.

"Dowch â'r papur 'na yma!"

Eisteddodd Eli fel corff, yn methu symud na llaw na throed.

"Elin Brown, dowch â fo yma!"

Pwff o chwerthin yma ac acw yn y dosbarth. Gwefusau'n gwingo yn bob siâp wrth geisio peidio â gwenu. Traed yn cicio coesau dan y desgiau. Breichiau yn pwnio'i gilydd. Ond 'roedd Eli yn hollol lonydd, fel un wedi'i pharlysu. Cododd Miss Parri a cherddodd at ddesg Eli. Cipiodd y llyfr bach coch anffortunus o'i llaw, a gwelsom mai dyddlyfr oedd o. Pawb yn gobeithio y buasai Miss Parri yn darllen cynnwys y dyddlyfr i'r dosbarth; Eli yn gobeithio na wnâi hi ddim. Ond 'roedd Miss Parri yn un o'r athrawon hynny sydd

13

yn dibynnu ar ddigwyddiadau bach fel hyn i ennill eu poblogrwydd gyda'r plant. Ac os byddai Eli yn ei chasáu am byth am wneud y fath beth, pwy oedd Eli? Fe fyddai gweddill y dosbarth — Gwenllian a'i ffrindiau, a'r bechgyn — yn cael eu plesio, a nhw oedd yn cyfrif! Felly, dyma hi'n darllen cyfraniad y diwrnod hwnnw i'r dyddlyfr. 'Doedd o'n ddim pwysig iawn — dim ond merch bedair ar ddeg oed yn dweud cymaint oedd hi'n hoffi Siôn, ac mor falch oedd hi fod Siôn wedi edrych arni hi a gwenu arni hi wrth ddod i'r ysgol y bore hwnnw. Ond 'roedd o'n newydd diddorol iawn i ni'r plant na wyddai am gyfrinach Eli o'r blaen.

'Edrychodd Siôn erioed ar Eli ar ôl y diwrnod hwnnw, ac eithrio i'w sbeitio. Fel cymaint o fechgyn golygus, 'roedd o'n meddwl ei hun yn ofnadwy, ac ni allai oddef i unrhyw un gysylltu ei wyneb perffaith ef ag wyneb Eli druan, a oedd fel arwynebedd y lleuad gan smotiau ar y pryd. Ymrôdd i brofi nad oedd o'n hoffi Eli o gwbl, ac o fewn y mis, 'roedd o'n mynd allan gyda Gwenllian.

Nid yw pob athrawes neu athro fel Miss Parri. Pan oeddem ni yn y pumed dosbarth yn yr ysgol, daeth athro Saesneg newydd atom. 'Doedd yna ddim byd yn arbennig o ddeniadol ynddo fo i edrych arno, ar wahân i'r ffaith ei fod o'n ifanc. Eto, 'roedd o'n ffeind iawn ac 'roedd ganddo bersonoliaeth a wnâi i chwi anghofio nad oedd o'n olygus, a'i hoffi yn ofnadwy. Gwirionodd Eli arno. A chan ei bod hi yn dda iawn yn Saesneg, ymddiddorai yntau ynddi hithau.

Wedi i arholiadau'r lefel 'O' fynd heibio, cafodd ein dosbarth ni yn yr ysgol barti ar lan y môr i ddathlu, a gwahoddwyd yr athrawon yno. Derbyniodd rhai y gwahoddiad; gwrthododd eraill. Derbyn a wnaeth Gareth, a bu Elin yn edrych ymlaen am noson y parti am wythnosau, ac am y cyfle i weld Gareth y tu allan i fyd yr ysgol, lle mae pawb yn berson, heb eu rhannu yn bobl a phlant. Fe wyddem ei bod hi'n edrych ymlaen gan ein bod ni erbyn hyn yn rhyw fath o ffrindiau gyda hi. 'Roeddem ni bellach yn un ar bymtheg oed ac wedi dysgu cuddio teimladau hyll tuag at ein gilydd, y teimladau hynny a gawsai eu dangos mor amrwd heb ronyn o gywilydd pan oeddem ni'n iau. Erbyn hyn, 'roeddem ni wedi dysgu bod yn ffrindiau arwynebol gyda phobl nad oeddem ni'n eu hoffi, ac felly, 'roedd Eli wedi cael rhyw fath o dderbyniad i'n cylch. Gwnaeth hithau gais am ein cyfeillgarwch trwy ymddiried ynom ei bod yn hoffi Gareth.

'Roedd lleuad fawr lliw lemwn wedi trochi'r môr gyda'i golau y noson honno. 'Roedd yno fwyd a diod a thân a miwsig a dawnsio a chwerthin — ac un ferch ddieithr nas gwelodd yr un ohonom hi o'r blaen, yn troi ymysg gwragedd rhai o'r athrawon.

Cnoi darn o gig a wnâi Eli pan ddaeth Gareth ati i siarad. 'Roedd hi wedi gwneud ymdrech fawr i edrych yn atyniadol y noson honno — wedi prynu ffrog ac esgidiau newydd, wedi cael gwneud ei gwallt, ac wedi rhoi ychydig o liw ar ei hwyneb — ac er mai Eli oedd, 'doedd hi ddim yn edrych yn ddrwg. 'Roeddwn i'n sefyll wrth ei hymyl pan ddaeth Gareth ati, ac fe'i gwelwn hi'n crynu. Bu Gareth yn siarad gyda ni'n dwy am ryw ddeng munud — gofyn a oeddem ni'n ein mwynhau ein hunain, dweud ein bod ni'n lwcus i gael noson mor braf i'r parti — pethau bach moesgar fel yna. Ar hynny, cerddodd y ferch ddieithr tuag atom, a llithrodd ei braich trwy fraich Gareth. Trodd yntau i edrych arni gan wenu, ac yna, trodd at Eli a minnau:

"Elin, Llinos," meddai, "dyma Ann, fy nyweddi."

Tagodd Eli ar ei chig . . .

Buom ni yn ceisio ei chysuro ar ôl hynny. Dweud wrthi na allem weld beth oedd Gareth yn ei weld yn Ann, a'i bod hi'n ferch blaen ddychrynllyd.

Ond Eli druan, 'doedd dim modd dy gysuro di gyda geiriau fel yna, ac ys gwn i allet ti ddweud ein bod ni i gyd, bob un ohonom ni'r genethod oedd yn cymryd arnom gydymdeimlo gyda thi, yn falch, ia yn *falch*, oherwydd yr hyn a ddigwyddodd i ti? 'Roeddem ninnau wedi meddwl, fel tithau, fod Gareth yn dy hoffi di, ac er nad oedd ar yr un ohonom ni ei eisiau i ni'n hunain, 'doeddem ni ddim am i ti ei gael o 'chwaith. Ac O, mor falch oeddwn i o'th weld yn tagu ar dy gig, ac o'th glywed yn siarad gydag Ann mewn llais cath fach, llais wedi diflannu bron dan sioc . . .

Daeth Eli dros hyn eto gydag amser, ac ymhen blwyddyn, 'roedd hanes tipyn hapusach iddi. Daeth bachgen newydd i fyw i'r ardal. Marc. 'Roedd o'n un o'r bechgyn hynny y mae pob merch yn ei ffansïo, a gallai ddewis pwy a fynnai. Dewisodd Eli! 'Allai'r un ohonom ni oedd wedi adnabod Eli erioed ddeall sut oedd y fath beth yn bosib. Gwelaf yn awr, wrth edrych yn ôl, nad oedd Marc yn gweld Eli yn yr un ffordd ag y gwelem ni hi. Edrychem ni ar Eli drwy'i gorffennol; i Marc, 'doedd dim gorffennol iddi. Gwelaf, hefyd, na fedrem ni weld Eli yn iawn oherwydd yr holl deimladau hyll a deimlem tuag ati. 'Roedden nhw rhyngom ni a hi, o flaen ein llygaid ni, fel sbectol, ond eu bod nhw'n anffurfio ein delw ni ohoni, yn hytrach na'i gywiro.

Eli, mi wela'i rŵan mai ynom ni yr oedd y drwg, ond 'doeddem ni ddim yn deall hynny, ac felly yn ei briodoli i ti. 'Roedd Marc yn rhydd i edrych arnat ti fel 'roeddet ti go iawn . . . Mae gen i gywilydd heddiw wrth edrych yn ôl.

Noson braf o haf oedd hi, ac 'roeddwn i wrthi yn fy mharatoi fy hun ar gyfer mynd i ddawns i ddathlu'r achlysur o ymadael â'r ysgol. 'Roeddwn i ar fin cychwyn pan welais Eli yn cerdded tua'r tŷ.

"O, be' ma' hon isio rŵan?" meddwn wrth Mam yn ddiamynedd.

Ceisiodd Eli wneud i'w hymweliad ymddangos yn ddibwys, ond 'roedd yn amlwg i mi fod ganddi rywbeth o

16

bwys i'w ddweud. Dywedodd i ddechrau fod Marc yn gweithio'n hwyr y noson honno, ac yna, aeth ymlaen i ddweud ei fod wedi bod yn edrych amdani y prynhawn hwnnw.

"'Roedd o'n ddigri iawn — yn ddistaw a nerfus. Ac wedyn, mi ddeudodd o 'i fod o isio deud rwbath wrtha'i, ond 'fedra' fo'n 'i fyw gael 'i eiria' allan. Mi soniodd o rwbath am briodi, ond 'wn i ddim be' oedd ganddo fo. Beth bynnag, mi aeth heb ddeud yn y diwadd, a 'dwi'n 'i weld o eto pnawn 'fory am sgwrs."

"Mae'n amlwg 'i fod o'n trio gofyn i ti 'i briodi o, ond 'i fod o'n methu meddwl sut i ofyn."

Dyna a deimlai Eli, hefyd, gallwn ddweud. O, Eli, 'roeddat ti'n fy ngwneud i'n sâl y noson honno, yn sefyll o'm blaen i yn edrych yn hunanfoddhaol fel cath, a chymaint, gymaint o eisio deud arnat ti fod Marc wedi hanner-gofyn i ti briodi. A minnau'n meddwl gymaint o wastraff fyddai i ti o bawb gael Marc, ac yn dy gasáu di o waelod fy nghalon. Ond wrth gwrs, 'doedd dim modd i ti wybod hynny. 'Roeddwn i braidd yn hen i ddangos fy ngwir deimladau, a'r cwbl a ddywedais i oedd:

"Eli, 'nei di f'esgusodi i? 'Dw i 'di gaddo gweld Dic am hannar awr 'di saith."

Y person cyntaf a welais yn y ddawns oedd Gwenllian, mewn ffrog wen a dynnai sylw'r goleuadau gorlas. Buom yn siarad am ryw bum munud, a gofynnais iddi a oedd hi'n edrych ymlaen at fynd i'r Coleg Hyfforddi ddiwedd yr haf. Aeth i'w gilydd, ac 'roddodd hi ddim ateb iawn imi.

Fflachiai'r golau arnom fel 'roeddem yn dawnsio, nes gwneud i ni edrych fel pe baem yn cael ein trydanu. Tynnwyd fy sylw at ffrog wen Gwenllian, a gwelais ddwy fraich o gwmpas ei chanol.

"Ys gwn i pwy sy ganddi hi heno," meddwn wrthyf fy hun, a cherddais heibio i fusnesu. Pan welais pwy oedd y bachgen, bu bron i mi gael ffit. 'Roedd Gwenllian ym mreichiau Marc!

17

Euthum i weld Eli yn gynnar fore trannoeth. 'Roeddwn i'n ysu am gael dweud wrthi am yr hyn a welais . . . 'Roeddwn i'n ysu, Eli, am gael tynnu'r olwg a welais ar dy wyneb y noson gynt — ei dynnu i ffwrdd fel tynnu mwgwd — rhoi mwgwd arall i ti i'w wisgo yn ei le. Ond 'chefais i mo'r pleser. Pan euthum i mewn i Fron Pwll, gallwn deimlo fod rhywbeth o'i le. Y cwbl a ddywedodd Nain oedd fod Eli yn y llofft ac am i mi fynd trwodd ati . . .

Gorweddai Eli ar ei bol yn y gwely, wedi ymroi i grio. Trodd i edrych arnaf pan gerddais i mewn, a gwelais fod ei hwyneb wedi'i anffurfio gan boen a dagrau. Ond 'theimlais i ddim boddhad wrth ei gweld hi mewn cyflwr mor druenus; yn hytrach, teimlais frathiadau o gywilydd, a dywedais wrthi, yn ffeind:

"'Does dim rhaid i ti ddeud wrtha'i, Eli. 'Dw i'n gwbod, mi welais i nhw efo'i gilydd neithiwr," ac wrth ei gweld yn crio'n waeth, ychwanegais—

"Ella mai dim ond neithiwr fuo fo efo hi; ella nad eith o byth eto."

"O, eith," meddai Eli. "maen nhw'n mynd i briodi."

"Eli bach, paid â gneud môr a mynydd . . ."

"Wel, darllan hwnna 'ta," sgrechiodd Eli, a lluchiodd lythyr ataf, — llythyr a dderbyniodd gan Marc y bore hwnnw. Eglurai'r llythyr ei chyflwr. Dywedai Marc fod Gwenllian ac yntau am briodi . . . 'Roedd yn rhaid iddyn nhw!

Aeth Eli i brifysgol yn Lloegr ddiwedd yr haf, a minnau i goleg hyfforddi yn y dref agosaf i'm cartref, ac 'welais i mohoni o gwbl tan wyliau'r Pasg canlynol. 'Fu hi ddim gartref yn ystod gwyliau'r Nadolig, ac 'fyddai Nain byth yn sôn gair amdani wrth neb. Yn wir, 'roeddwn i bron wedi anghofio fod y greadures mewn bodolaeth, a 'doeddwn i ddim yn disgwyl ei gweld hi y pnawn hwnnw o Ebrill yn y dref. 'Wnes i mo'i hadnabod hi ar unwaith, a 'doedd hynny ddim yn rhyfedd oherwydd y fath newid a ddaethai drosti. 'Roedd ei gwallt cwta hi'n hir a dryslyd a'i hwyneb crwn hi'n fain a llwyd, a'i llygaid bach hi'n ddwl ac yn bell. Gwisgai ddillad hipi. Wedi dweud 'helo' a gofyn sut oedd hi, 'fedrwn i feddwl am ddim i'w ddweud. Gofynnais sut yr oedd hi'n mwynhau bywyd coleg a buom yn siarad am hynny am rai munudau. Yna, gan feddwl llenwi'r bwlch rhyngom, dywedais ddarn o newydd wrthi a fuasai, yn fy nhyb i, yn ei phlesio:

"'Roeddwn i'n clwad fod Gwenllian wedi gada'l Marc. 'Doedd 'na ddim byw rhyngddyn nhw, meddan nhw."

Ond os disgwyliais weld ei hwyneb yn gloywi wrth glywed y geiriau hyn, cefais fy siomi. Yn hytrach, edrychodd yn drist, a dywedodd —

"Druan o'r babi."

Teimlais fy hun yn cochi a phrysurais i sôn am rywbeth arall. Cochwn o gofio'r hyn a wyddai pawb am Eli. Bu raid i'w rhieni hithau briodi, o'i herwydd hi. Sais oedd ei thad, ac fe'i ganed hi yn Lloegr. Ond gadawodd ei thad ei wraig a'i blentyn pan oedd Eli yn ddeunaw mis oed, ac ni ddaeth yn ôl. Bu ei mam yn brwydro i ofalu amdani am rai misoedd ar ôl hynny, ar ei phen ei hun. 'Ddaeth hi ddim am gymorth at ei mam i Fron Pwll, gan iddyn nhw ffraeo ar ôl i'r hen wraig glywed am y babi. Ond diau fod Nain wedi edifarhau llawer tros droi ei merch ei hun dros y drws, oherwydd fe fu'n ddrwg iawn pan ddaeth y newydd fod mam Eli wedi ei lladd ei hun. Derbyniodd Eli i'w thŷ a magodd hi.

'Dw i'n teimlo'n rhyfedd y bore 'ma. 'Dw i wedi bod yn eistedd yma ers oriau yn meddwl. 'Wn i ddim sut yr ydw i'n teimlo yn iawn. Y mae rhai misoedd wedi mynd heibio ers y diwrnod hwnnw o Ebrill pan welais Eli yn y dref, a heddiw, mae pawb ym mhob man yn y pentref yn sôn amdani . . . Y chdi ydi testun pob sgwrs ym mhob tŷ a siop yma heddiw Eli. 'Fuost ti erioed mor bwysig o'r blaen. 'Chefaist ti erioed y fath sylw. Ond O, mae o'n gymaint o drueni fod yn rhaid i ti farw cyn cael y sylw yna y bu cymaint o'i angen arnat ar hyd dy fywyd, ond a oedd yn mynnu d'osgoi di o hyd, fel had tomato dan fforc. Maen nhw'n dweud yn y pentref heddiw fod Eli wedi ei lladd ei hun. Eli wedi lladd Eli. Mae'r newydd wedi codi pwys arna' i. Mae pawb yn methu deall beth a ddaeth tros dy ben di, Eli. Maen nhw'n dweud ei fod o'n bechod o'r mwyaf i rywun ei ladd ei hun. Ond am unwaith, 'dw i ddim yn dy feio di. 'Wnest ti ddim ond dy ladd dy hun yn anuniongyrchol — mae llawer i berson a digwyddiad wedi cyfrannu at dy farwolaeth di, a 'dw i'n un ohonyn nhw. 'Wnes i ddim dy boeni di fel Gwenllian, ond efallai fod fy nheip i yn waeth na'i theip hi. Un o'r rhai hynny ydw i na wnâi ddim drwg i neb, ond na wnâi ddim da ychwaith.

Ond i beth 'rydw i haws â mynd ymlaen fel hyn? Mae Eli wedi marw. A bore heddiw, 'dw i'n methu tynnu fy llygaid oddi ar Fron Pwll. Mae nain Eli wedi cau'r llenni a chau'r drws. Mae hi wedi mygu'r tŷ fel na fedr o ddim na gwenu na wincio ddim mwy.

STORI LAS

Noson las oedd hi — a hwnnw'n las clychau'r gog . . . Y tu
allan i'r caffi, 'roedd yr awyr yn ddu, loywddu yn barod a'r
sêr cynnar bron yn wyn. Y tu mewn, 'roedd popeth naill ai'n
fformica coch neu'n baent hufen wedi melynu . . . Ond bob
tro y meddyliaf am y noson honno, cofiaf hi fel noson las.

Dim ond pump ohonom ni oedd yno — y ni ein pedair yn
eistedd o gwmpas y bwrdd ger y drws, a'r hen Henri Tomos
ar ei ben ei hun bach wrth y bwrdd yn y gornel. Mentrai
Henri o'i dyddyn bychan ym mherfeddion y wlad bob un nos
Sadwrn er mwyn treulio ychydig oriau yn y dref. Yn wir, ni
allai lluwch eira na mellt a tharanau gadw Henri Tomos
rhag 'dre-nos-Sadwrn'. Ac felly ninnau. Merched ysgol
oeddem ni y pryd hynny, i gyd tua phymtheg oed. Eisteddem
o gwmpas y bwrdd yn llawn lledchwerthin a'r cyffro o aros
am ein cariadon. Darllenai Brenda gylchgrawn yn dwyn y
teitl *Miss 17,* wedi ei blygu ar dudalen lle'r oedd llythrennau
mawr duon yn gofyn : DO YOU DREAM IN COLOUR?

"Hei, gennod," meddai hi ymhen hir a hwyr, "'fyddwch
chi'n breuddwydio mewn lliw? 'Fydda *i* ddim."

"Na finna', " meddai Carol Ann.

Ond daeth ton fach o ofn drosof fi. Yn ddiweddar, nid
breuddwydion a gawn, ond hunllefau, a'r rhai hynny yn bob
lliw dan haul — ambell dro, yn gynhebryngau duon, droeon
eraill yn waed coch. Dihunwn yn y nos, yn llawn cryndod a
dychryn, a cheisiwn eu hanghofio yn ystod y dydd.

"Mi fydda' i'n breuddwydio mewn lliw," meddai Miriam, "ac mi fydda' i'n meddwl mewn lliw hefyd." Byddai yn cysylltu pob math o bethau â lliwiau, meddai hi, yn brofiadau, yn deimladau, yn ddigwyddiadau neu'n bobl. Dechreuodd Brenda a Carol Ann chwerthin. 'Roedd y syniad yn un od iawn a dieithr iddynt hwy.

"Be' amdanat ti, Elen?" meddai Brenda.

"Mi fydda' i'n meddwl ac yn breuddwydio mewn lliw hefyd," meddwn yn drwsgl, a theimlo fy hun yn cochi wrth ddweud. 'Fyddwn i byth wedi cyfaddef heb i Miriam ddweud yn gyntaf, rhag ofn i rywun feddwl fy mod yn od. Yn wir, cyn i Miriam ddweud, credwn ei bod yn eithaf posib mai myfi oedd yr unig un yn y byd i gael syniadau lliw a hunllefau lliwgar.

"'Dydach chi'ch dwy ddim yn gall," meddai Carol Ann.

"Hei, hei," meddai Brenda, "Pa liw ydw *i* Miriam?"

"Coch," meddai Miriam ar ei hunion, "'fedrat ti fod yn ddim arall."

"Elen, pa liw ydw i?"

"Coch," meddwn, yn hollol onest.

"A be' am Carol Ann?"

"Llwyd," meddai Miriam.

"Llwyd," meddwn innau, mewn llais bach ar ei hôl.

"Hy, jest deud beth bynnag ma' Miriam yn 'i ddeud ma' Elen," meddai Carol Ann yn gwta.

"Reit, mi gawn ni weld," meddai Brenda, a bywyd yn sboncio i'w llygaid. Rhwygodd ddau ddarn bach o'i *Miss 17*, a rhoddodd un i Miriam ac un i mi. Cliriodd ei gwddf, a chan ddynwared un o'r athrawesau yn yr ysgol i'r dim, dywedodd:

"Yn awr blant, mae'n rhaid i mi roi prawf i chi. Yr wyf am i chi edrych yn ofalus ar yr hen ŵr, Henri Tomos, sydd yn eistedd yn ei gornel arferol yn yfed te, ac yna, yr wyf am i chi ysgrifennu y lliw a gysylltwch ag ef ar eich papurau. A pheidiwch â gadael i mi eich gweld yn edrych ar bapurau eich gilydd! Byddaf yn casglu'r atebion mewn dau funud."

Dyna'r tro cyntaf erioed i mi edrych ar Henri Tomos o ddifrif. Sylwais ar ei ddwylo: 'roedden nhw'n batrymau seicadelaidd pinc, piws a glas gan oerni ac fe'u daliai hwy fel dau betal o gwmpas ei gwpaned o de du, poeth, — er mwyn eu cynhesu mae'n rhaid. Yna, edrychais ar ei wyneb, a sylwais ar unwaith ei fod yn hynod o debyg i'm taid. Yr oedd hynny, mae'n debyg, oherwydd y llygaid yn fwy na dim. Serennai llygaid Henri Tomos fel dau grisial coprsylffad yn ei ben, — y llygaid mwyaf glas a welais erioed, ac eithrio rhai fy nhaid. Teimlwn fod glesni'i lygaid yn cynnal Henri drwyddo, ac yn adlewyrchu drosto i gyd. Ysgrifennais GLAS ar y papur, ei blygu, a'i roi i Brenda. Darllenodd hi un Miriam yn gyntaf, ac wedyn f'un i. Yna, rhoddodd sgrech dros bob man.

"Glas," meddai hi, gan chwerthin, "mi ydach chi'ch dwy wedi deud glas. Ma' Henri'n ddyn bach gla-as. Be' neith o?" Dechreuodd ganu:

> "Dyn bach glas, glas, glas,
> Ie finlas, finlas, finlas,
> Foel lygatlas, foel lygatlas,
> Trwyn mawr glas a chlustia'
> Glas, glas, glas."

Dyma ni i gyd yn dechrau gwehyru chwerthin. Ac yng nghanol hyn i gyd, cododd Henri Tomos i fynd allan. Fel yr âi heibio ein bwrdd ni, trodd Brenda i'w wynebu:

"Sut hwyl sydd heno, Henri Tomos?" gofynnodd, yn henaidd i gyd, a direidi yn ei llygaid.

"Go dda, wir, hogan," meddai yntau. 'Roedd o yn debyg i'm taid, ac 'roedd rhywbeth yn hynod o annwyl yn ei wyneb. 'O mae o'n hen gariad bach,' meddyliais, a dechreuais deimlo 'bechod drosto' am ei fod yn edrych yn oer ac yn unig. Aeth Brenda ymlaen:

"Ma' hi'n las iawn heno," meddai gan godi ei

hysgwyddau ac esgus crynu fel y gwnaiff rhywun wrth ddwheud ei bod yn oer.

"Ydi," meddai Henri, "ydi, ydi," fel pe na bai wedi clywed dim anarferol.

" 'Ydach chi'n meddwl y gwnaiff hi aea' glas eleni?" gofynnodd Brenda. Gwthiodd Carol Ann ei hances boced i'w cheg. Yr oedd ei hwyneb fel balŵn binc ar fin byrstio. Ond nid oedd hyd yn oed esgus gwên ar wyneb Brenda. Gallai gadw heb chwerthin yn well na neb; gwneud i bobl eraill chwerthin oedd ei phleser hi. Am ennyd, daeth golwg syn dros wyneb Henri, ac edrychodd ar Brenda eilwaith, fel pe bai'n credu iddo ei chamddeall. Gwyddwn fy mod i fod i chwerthin — hynny yw, gwyddwn fod Brenda yn disgwyl i mi chwerthin — onid dyna oedd pwrpas yr holl act? Ond wrth edrych ar yr hen Henri, a'i wyneb diniwed, annwyl, ni allwn chwerthin yn fy myw. 'Doedd Miriam ddim yn chwerthin 'chwaith — dim ond edrych yn wirion ar y ddrama fach o'i blaen . . . Diflannodd peth o'r syndod o lygaid gleision, prydferth Henri, ac atebodd, braidd yn betrus:

"Wel, mi 'lasa' neud, am wn i."

"Glasa-y-'lasa'," meddai Brenda, gan gymryd arni ei chywiro ei hun yn gyflym.

Byrstiodd balŵn Carol Ann nes ei bod yn chwerthin dros bob man yn afreolus. Edrychodd Henri arnom, a'i ddiffyg deall o'r hyn oedd yn mynd ymlaen yn amlwg ar ei wyneb. Meddyliais i mi weld rhyw dristwch ofnadwy yn ei lygaid, a gwyddwn na allwn byth chwerthin am ei ben ddim mwy nag y gallwn wneud hwyl am ben fy nhaid fy hun. 'Ddywedodd o ddim gair — dim ond symud tua'r drws ac allan fel ysbryd. A'r peth nesaf a wyddwn, tra'r oedd Brenda a Carol Ann yn morio chwerthin, yr oeddwn i yn beichio crio. Bûm yn ceisio dal y dagrau yn ôl ers meityn — y dagrau a ddeuai mor rhwydd ac mor aml yn ddiweddar, fel yr hunllefau, gan roi mynegiant i'r holl emosiynau cymysglyd, newydd a brofwn bob dydd.

"Elen! Pam wyt ti'n crio?'' gofynnodd Brenda, gan edrych arnaf mewn anghrediniaeth lwyr.

"Bechod . . . drosto . . . fo,'' meddwn i, rhwng ochneidiau o grio.

"Bechod drosto fo? Be' sy arnat ti'r hen het wirion?'' meddai Brenda.

"'Roedd gin inna' bechod drosto fo hefyd,'' meddai Miriam, ''. . . 'i weld o'n hen ac yn oer ac yn unig a ninna'n gneud hwyl am 'i ben o. Yr hen gr'adur bach . . .''

"'Dydach chi'ch dwy ddim yn gall!'' meddai Carol Ann.

Teimlwn fel un gyda Miriam y noson honno, ac 'roedd hwnnw'n deimlad braf. Teimlad glas, meddyliais — oherwydd yr oedd y lliw glas wedi llifo o lygaid ac o berson Henri, ac wedi lliwio yr holl feddyliau a'r holl deimladau a brofais y noson honno; yr oedd wedi llifo'n araf nes colli'i liw dros y noson i gyd.

ANRHEG NADOLIG

Bath-ciwb ydw i. Mi ddisgrifia' i fy hun i chi er mwyn i ni ddod i adnabod ein gilydd yn well.

'Dw i'n mesur modfedd bob ffordd, 'dw i'n biws, ac mae 'na arogl lafant arna' i. Un wisg sydd gennyf, ac yn honno y byddaf yn byw ac yn bod. Siwt o bapur aur gloyw ydi hi, a siaced o bapur piws tenau dros y siwt. 'Dw i'n un o deulu o chwech. Mae gin i ddau frawd melyn ac arogl hyfryd gwyddfid arnyn nhw, a dwy chwaer binc sy'n arogli o rosod. Hefyd, mae gennyf efaill sydd o'r un lliw ac arogl â mi fy hun. Yr ydym ein chwech yn byw yn gytûn mewn tŷ o focs carbord ac iddo chwech o ffenestri. 'Rydym ni'n ddistaw iawn fel teulu, ac yn hollol anuchelgeisiol. Yn wir, ein hunig uchelgais ni mewn bywyd yw hyn — cael ein chwalu'n bowdwr a'n gollwng i fath o ddŵr poeth, braf; a chael ymdoddi yno'n raddol nes uno â'r dŵr a rhoddi iddo ein lliw tra bo'n haroglau bendigedig ein hunain yn llenwi pob man. Dyna fyddai uchafbwynt ein bywydau; er mwyn hynny y cawsom ein creu. Ond heddiw, mae'r chwech ohonom yn teimlo'n anhapus dros ben, gan ei bod yn ymddangos na chaiff ein huchelgais ni byth mo'i gyflawni . . .

Ers talwm, 'roedd ein tŷ ni ar silff mewn siop fferyllydd yn y dref, a'r chwech ohonom yn sefyll yn dalog, bob un yn ei ffenestr ei hun, gan geisio denu sylw'r cwsmeriaid. Un diwrnod, daeth gwraig ganol oed a'i merch i'r siop, a chlywais y fam yn dweud:

"Be' ga' i i Elin y 'Dolig 'ma dŵad?"

"'Wn i ddim wir, Mam!"

Daethant i sefyll o flaen ein tŷ ni.

"O, mi neith hwn yn iawn iddi hi, yli. Bocs o fath-ciwbs. 'Tydi o ddim yn ddrud, a 'does arna' i ddim isio gwario ond cyn lleiad ag y medra' i arni hi. Ma'n siŵr mai rhyw hancesi ar ôl y llynadd ne' rwbath roith hi'n ôl. Be' wyt ti'n feddwl?"

"Ia, mi neith o'n iawn."

Prynodd y wraig ni, a chariodd ni allan i'r byd yn ei basged.

"Nadolig llawen iawn i ti Elin, a dyma i ti bresant bach oddi wrtha' i."

"O, 'does dim isio i ti," meddai Elin.

"Oes, Tad. Rwbath bach ydi o."

"Wel, diolch yn fawr iawn i ti, Dora."

Cyn gynted ag yr oedd Dora drwy'r drws, rhedodd Elin atom ni, ac ymosododd ar y papur Nadolig coch a gwyrdd a baciodd Dora amdanom.

"O, ys gwn i be' 'dw i 'di gal," meddai Elin, gan rwygo'r papur yn ffrwcslyd yn ei chyffro. Ond syrthiodd ei llais pan welodd hi ni ein chwech yn serennu o'i blaen.

"Ych a fi! Hen fath-ciwbs!" meddai hi yn siomedig. "Un sâl am bresant fu Dora erioed o ran hynny. A 'does dim isio i minna' sôn o hyd 'mod i'n licio mynd i'r bath cymaint a finna' byth yn mynd ar gyfyl y lle! O daria, be' 'na' i efo nhw?"

Gallai'r chwech ohonom ddweud wrthi beth i'w wneud â ni, sef ein defnyddio yn y bath. Ond yr hyn a wnaeth Elin oedd ein rhoi mewn cornel oer o ddrôr yn y llofft, a chau arnom. Yno y buom am amser maith, yn lletywyr anfodlon i leithder a barrug ac yn yfed yr annwyd un ar ôl y llall.

Bob hyn a hyn, fodd bynnag, byddai'r hen ddrôr oer yn

gwichian agor, a dyna lle byddai Elin yn sefyll yno o'n blaen, gan fwmial wrthi'i hun:

"Ys gwn i be' fedra'i roi i ffwrdd 'leni."

Yna, dewisai un o'r anrhegion yn y ddrôr i'w rhoi i'w ffrindiau neu ei pherthnasau yn anrheg Nadolig neu benblwydd. Byddem ninnau'n ceisio dal ei sylw trwy dywynnu ein ffrogiau aur gloyw arni hi. Yr oedd yn hwyr glas gennym gael symud o'r lle. Un Nadolig fe sylwodd arnom.

"O! Yr hen fath-ciwbs 'na," meddai hi. "Mi neith y rheina'n iawn."

Cipiodd ni o'r ddrôr, ond yn ei brys, gollyngodd ni nes i ni daro'r llawr.

"O! O! O!" llefodd Elin, gan ein codi yr un funud, a'n harchwilio'n fanwl.

"Maen nhw wedi tolcio'r om bach. Ys gwn i fasa' rhywun yn sylwi?"

Ceisiodd lyfnhau wal gefn ein tŷ, lle'r oedd y dolc, ac meddai hi:

"Mae o'n edrach rywfaint gwell rŵan. 'Dw i'n siŵr nad ydi o i'w weld. Ac mi 'sgwenna' i bris — pris reit uchal — ar y cefn, i'w wneud o edrach yn newydd. Ac mi rho' i nhw i Siwsan er mwyn i mi gal gwarad â nhw."

A dyna a wnaeth.

"Presant 'Dolig bach i ti gin i, Siwsan. Gobeithio y lici di o."

"O, paid â chyboli, Elin," meddai Siwsan.

"Twt! twt! Mae pawb isio presant 'Dolig siŵr."

'Phrotestiodd Siwsan ddim mwy.

Cadwodd hi ni tan fore'r Nadolig, cyn tynnu'r papur a roddwyd amdanom. Yn wahanol i Elin, bu Siwsan am amser maith yn dadbacio. Ceisiai ddal ac ymestyn pob eiliad er mwyn hwyhau ei mwynhad o weld beth oedd yn y parsel. Agorai'r papur yn ofalus ac yn araf.

"Ys gwn i be' 'di o," meddai hi.

Ond yr eiliad nesaf, daeth swyn y dadbacio i ben. Gwelodd ni, ac meddai:

28

"O naci, nid bath-ciwbs o bob dim! A finna'n rhy fusgrell i fynd i'r bath. Wel, 'does 'na ddim ond un peth fedra' i 'neud efo nhw. Mi gadwa' i nhw tan 'Dolig nesa' a'u rhoi nhw'n bresant i rywun arall."

Rhoddodd Siwsan ni mewn bocs carbord mawr gyda nifer o anrhegion Nadolig eraill a arhosai yr un dynged â ninnau. Ac i dorri stori hir yn fyr, dyma fu ein hanes am rai blynyddoedd. Bob Nadolig, byddai pwy bynnag y byddem yn ei feddiant ar y pryd yn ein pacio ni'n grand, a'n rhoi yn anrheg i rywun arall. A byddai honno wedyn yn ein cadw mewn drôr neu focs neu gwpwrdd tan y Nadolig canlynol. Er nad oedd yr un cartref y buom ynddo cyn waethed â drôr oer Elin, ni fuom yn hapus iawn yn yr un ohonynt. A'r hyn a'n poenai ni yn fwy na dim oedd bod ein cyfle o gael ein defnyddio a chael ein huchelgais yn mynd yn llai o flwyddyn i flwyddyn, fel yr oeddem ni'n mynd yn hŷn ac yn hyllach, ac yn llai deniadol. Ond eleni, 'roedd pethau'n edrych tipyn yn well nag o'r blaen, a theimlai'r chwech ohonom yn ysgafnach nag a wnaethom ers talwm. Y rheswm dros ein hyder a'n hoptimistiaeth oedd hyn:

Un bore, clywsom Nia, ein perchennog ar y pryd, yn siarad gyda'i mam:

"'Dw i bron â rhoi'r hen fath-ciwbs 'ma i Mrs Jones drws nesa' 'leni. Maen nhw wedi mynd yn ddigon hyll, ond mae hi'n deud o hyd y gallai hi dreulio oria' yn y bath."

"Wel, ia wir," meddai'r fam. "Rho nhw iddi hi. Ma' presanta' wedi mynd yn rhy ddrud i'w prynu y dyddia' yma."

Trodd Nia ein tŷ ni â'i wyneb i waered ar y bwrdd, ac ysgrifennodd rywbeth ar ei gefn:

"NADOLIG LLAWEN A BLWYDDYN NEWYDD DDA! Mrs Jones, oddi wrth Nia," darllenodd yn uchel wrth ysgrifennu.

Yr eiliad honno, pwniodd y chwech ohonom ein gilydd. Yr oeddem i gyd wedi sylweddoli beth yr oedd hyn yn ei olygu. Yr oedd Nia wedi ysgrifennu ar gefn ein tŷ ni, ac felly ni fedrai Mrs Jones ein rhoi i neb arall yn anrheg y Nadolig nesaf. Byddai yn rhaid iddi ein cadw am byth, ac fe fyddai'n siŵr o'n defnyddio hefyd gan iddi ddweud wrth Nia y gallai dreulio oriau yn y bath. Mrs Jones oedd ein hunig obaith bellach. Arni hi yr oedd popeth yn dibynnu.

Danfonodd Nia ni at Mrs Jones drws nesaf fore heddiw. Prin yr oedd Nia wedi gadael y tŷ cyn i Mrs Jones ruthro i'r afael â ni.

"Be' 'dw i 'di gal 'leni tybad?" meddai hi wrth ei gŵr.

Yr oedd y papur Nadolig i ffwrdd mewn fflach. Edrychodd y chwech ohonom i fyny ar wyneb ein gwaredwr, ond meddai hi:

"Ych a fi! Hen fath-ciwbs. Dyna'r peth casa' un gin i gal, gan na fydda'i byth yn mynd i'r bath."

Yr oeddem ein chwech mewn dryswch mawr. Yr oedd y wraig hon wedi dweud wrth Nia a'i mam ei bod yn hoff iawn o fynd i'r bath, ond dyma hi yn awr yn dweud na fyddai hi byth yn mynd yno. Ymhellach, yr oedd y geiriau yna a'r llais yna yn gyfarwydd i ni. Cododd Mrs Jones ein tŷ, a gwelodd 'sgrifen Nia ar y cefn.

"O John," meddai hi wrth ei gŵr, "mae'r hen Nia fach 'na wedi 'sgwennu ar gefn y bocs 'ma. 'Fedra'i mo'i roi o i neb arall 'Dolig nesa' rŵan."

Ar hynny, craffodd Mrs Jones ar y pris ar gefn ein tŷ ni.

"'Wsti be' John," meddai hi, "'dw i fel taswn i wedi gweld y bath-ciwbs 'ma yn rwla o'r blaen," a dechreuodd ein harchwilio'n fanwl, yn enwedig o gwmpas y dolc a'r pris ar gefn ein tŷ. Cododd ni nes ein bod gyferbyn â'i hwyneb, a'r munud hwnnw, torrwyd calon pawb yn tŷ ni. Yr oeddem i gyd wedi gweld yr hen wyneb yna o'r blaen, ac mewn drôr oer yn y tŷ hwn y treuliasom flwyddyn waethaf ein bywyd. Yr oedd pob drws bellach wedi'i gau i ni, pob gobaith wedi'n gadael. Ond os oeddem ni yn ddigalon o weld Elin Jones unwaith eto, 'doedd hithau ddim yn falch iawn o'n gweld ninnau.

"Wel, wel, ar fy ngwir," meddai Elin, "dyna ydyn nhw hefyd! Fy mlydi bath-ciwbs i fy hun wedi dwad yn ôl," a lluchiodd ni'n bell o'i golwg gyda holl rym dynes o'i cho'!

LLYTHYRAU ESYLLT

Yr oedd Esyllt mewn cariad dros ei phen a'i chlustiau — er nad oedd hi'n ddim ond chwech oed. Guto oedd enw gwrthrych ei theimladau. 'Roedd o tua deg oed ar y pryd, ac yn un o'r 'hogia mawr' yn yr ysgol. 'Doedd o erioed wedi edrych arni, mae'n wir, nac wedi dangos unrhyw ddiddordeb ynddi, ond o'i herwydd ef, cawsai Esyllt fwy o flas ar wneud pob peth. Lle'r oedd ei bywyd hi'n ddu a gwyn o'r blaen, 'roedd popeth yn digwydd mewn lliw y dyddiau hyn. Teimlai yn hapus bob bore wrth ddeffro, ac 'roedd wrth ei bodd yn mynd i'r ysgol. Edrychai ymlaen trwy'r bore am gael ei weld — dim ond ei weld — yn ystod yr amser chwarae. Ac wedi ei weld, byddai'n neidio a dawnsio o gwmpas yr iard mewn llawenydd.

Yr unig un yn y byd a wyddai am ei chyfrinach oedd Heledd, ei ffrind gorau. 'Doedd Heledd ddim yn un i gael ei gadael ar ôl, a chyn pen dim, yr oedd wedi penderfynu ei bod hithau hefyd mewn cariad, gyda bachgen o'r enw Dic Ffransis. 'Roedd o'n byw yn bell, bell i ffwrdd, ym Mhorthmadog, meddai hi. 'Roedd ei mam yn 'nabod ei fam ac 'roedd o tua wyth oed.

Ond blinodd Heledd ar fod mewn cariad gyda rhywun nad oedd hi prin byth yn ei weld, ac un bore, fel 'roedd hi ac Esyllt yn lliwio lluniau enfys yn y dosbarth, fe gafodd syniad:

"Be' am ada'l iddyn nhw wbod?" meddai hi gan sibrwd yn uchel.

"Sut? Be' 'nawn ni? Deud wrthyn nhw?" gofynnodd Esyllt mewn braw.

"Naci. Mi wn i. Mi yrrwn ni lythyra' atyn nhw i ddeud. Mi gei di 'sgwennu at Guto, ac mi 'sgwenna' inna' at Dic."

'Doedd Esyllt ddim yn hoff iawn o'r syniad, a dywedodd hynny.

"Paid â bod yn fabi," atebodd Heledd.

Drannoeth, yng nghanol y wers symiau, rhoddodd bwniad sydyn i Esyllt.

"Yli be' sgin i," sibrydodd.

Edrychodd Esyllt, a bownsiodd ei chalon fel pêl pan welodd ddwy amlen wen yn gorwedd ar lin ei ffrind. Cyn diwedd y wers, yr oedd Heledd wedi rhwygo dalen o ganol llyfr symiau, wedi torri'r ddalen yn ddwy, wedi plygu'r tudalennau'n ofalus, a rhoi un ym mhob amlen — yn barod.

Amser chwarae, aeth y ddwy i eistedd o dan yr hen sycamorwydden yn yr iard, gyda'u papurau a'u pensiliau, yn bwysig i gyd. Ond ni allai Esyllt yn ei byw feddwl am beth i'w ddweud.

"Sut ddudwn ni?" gofynnodd.

Bu Heledd yn pendroni am eiliad, gan sipian a chnoi ei phensil.

"Wn i," meddai hi o'r diwedd, ac aeth ati i lenwi'r papur sgwariau bach mewn ysgrifen a oedd ar fin torri i fod yn 'sgwennu-sownd'.

"Annwyl Dic, ga' i fod yn gariad i ti am fy mod yn dy licio di ers talwm. 'Dw i isio dy briodi di pan fydda'i yn fawr. Ta Ta. Heledd."

— a rhesi ar resi o gusanau. Crogai ei thafod allan fel yr ysgrifennai.

"Dyna sydd isio'i ddeud," meddai hi wrth Esyllt ar ôl gorffen. "Gwna di'r un fath i Guto rŵan."

Braidd yn erbyn ei hewyllys, gwnaeth hithau yr un modd i Guto. Yna, rhoddwyd y llythyrau yn yr amlenni, ac ar ôl llawer o lyfu, seliwyd hwy yn ofalus.

"Be' 'nawn ni am stamp?" gofynnodd Esyllt.

"Be', 'oes isio rhoi stamp arnyn nhw?"

"Oes, ne' 'dân nhw ddim."

"O . . . Hei, wn i, mi 'nawn ni lun brenhines arnyn nhw!"

A dyna fynd ati i wneud llun brenhines ar yr amlenni lle dylai'r stamp fod. Cylch crwn yn wyneb, dau ddot yn llygaid, streipen at i lawr yn drwyn a streipen ar draws yn geg. Cyrls ar y pen, a phigau hirion yn dod trwy'r cyrls i wneud coron. Yr oedd brenhines Heledd yn gwenu gyda dannedd enfawr, tra'r oedd brenhines Esyllt yn edrych yn syn.

Ar y ffordd adref o'r ysgol, yr oedd bocs postio mawr coch. Daliwyd llygaid Esyllt a Heledd gan y lliw coch fel yr oeddynt yn camu trwy lidiart yr ysgol am hanner awr wedi tri. Cerddodd y ddwy ato fel dau ddarn bach o haearn yn cael eu denu gan fagned mawr.

" 'Dw i ddim yn meddwl fy mod i am bostio fy llythyr i," meddai Esyllt ar ôl cyrraedd.

"Ma'n rhaid i ti 'i bostio fo ar ôl 'i 'sgwennu o, siŵr iawn," atebodd Heledd. "Gwna efo fi."

Daliodd y ddwy y llythyrau wrth geg lydan y bocs, a chyfrodd Heledd:

"Un, dau, tri." Bron na chlywent eu calonnau ei gilydd yn carlamu curo. Ac ar "tri", gollyngwyd y llythyrau. Llarpiodd y bocs nhw, y breninesau a'r cwbl, i'w fol mawr coch.

Drennydd, eisteddai Esyllt a Heledd dan foncyff y sycamorwydden yn yr iard yn ystod yr awr ginio, pan welsant Guto a thri o'i ffrindiau yn cerdded tuag atynt. Fel y deuent yn nes, gwelodd Esyllt fod gan Guto rywbeth gwyn yn ei law, a phan welodd mai ei llythyr hi ydoedd, aeth ei chalon i fyny ac i lawr fel io-io.

"Ma' gynnon ni asgwrn i'w grafu efo chdi, Esyllt bach," meddai'r mwyaf o'r pedwar bachgen yn fygythiol. "Y chdi yrrodd hwn at Guto, ia?" a chipiodd y llythyr o law Guto a'i daflu ati. "Pwy wyt ti'n feddwl wyt ti, dwad, yr hen gywan fach? 'Does ar Guto ddim isio bod yn gariad i hen beth fach wirion fel chdi, a neith o byth dy briodi di, medda fo. 'Dydi o ddim yn dy licio di, yn nac wyt , Guto?''

''Nac ydw,'' meddai Guto yn ddistaw, gan edrych yn bur anghysurus. A dyna'r geiriau cyntaf a ddywedodd wrth Heledd erioed: nac ydw. Crechwenai'r ddau fachgen arall yn goeglyd.

''A pheth arall,'' meddai'r un mawr, cegog, ''mi fu'n rhaid i fam Guto dalu am dy hen lythyr gwirion di am na roist ti ddim stamp arno fo. Be' sy gin ti i ddeud drosot dy hun?''

''Mi wnes i lun brenhines arno fo,'' mentrodd Esyllt.

'''Glywsoch chi hynna hogia'? Ma' hi'n deud 'i bod hi wedi gneud llun brenhines. Do, mi welson ni dy frenhines di. 'Roedd hi'n debyg i chdi hefyd.''

Trodd at y lleill gan chwerthin. Gwnaethant hwythau eu gorau i chwerthin hefyd. Yna, edrychodd yr un mawr yn hyll a bygythiol unwaith eto:

''Ma' arnat ti bres i fam Guto,'' ysgyrnygodd. ''Mae'n rhaid i ti dalu am y stamp iddi hi. Ble ma' dy bres di?''

'''Sgin i ddim pres,'' meddai Esyllt.

''Paid â deud clwydda, y gnawas.''

''Nac oes wir. 'Sgin i ddim dima'.''

''Reit ta. Os na fedri di dalu, mae'n rhaid i ni roi cweir i ti!''

A chyn iddi gael cyfle i ddianc, gafaelodd dau ò'r bechgyn ynddi tra rhoddodd yr un mawr chwip din gynnes iddi — a thra'r oedd Guto yn edrych ar y cwbl yn syn.

Ym mhriodas Heledd, bymtheng mlynedd yn ddiweddarach, cyfarfu Esyllt â rhywun a wnaeth argraff fawr arni. Fe sylwodd arno yn y capel yn y bore, ac wedi'r gwasanaeth, sylwodd arno eto, yn mynd at Heledd i'w llongyfarch:

''Esyllt!'' galwodd Heledd, ''tyrd yma am funud.''

Aeth Esyllt ati, gan deimlo braidd yn swil.

'''Wyt ti'n ein cofio ni'n 'sgwennu'r hen lythyra' hynny ers talwm; y chdi at Guto Nant a finna' at Dic Ffransis o

Borthmadog?'' gofynnodd Heledd gan chwerthin. ''Wel, dyma i ti Dic Ffransis! Y fo odd yr un —''

''Heledd!'' galwodd ei gŵr, '''Wyt ti'n barod? Mae'r car yn aros amdanon ni.''

Diflannodd Heledd mewn cwmwl o gonffeti, gan adael Esyllt a Dic gyda'i gilydd.

''Y chdi oedd yr hogan ddrwg arall, ia?'' gofynnodd Dic, a gwên ar ei wyneb.

Penderfynodd Esyllt y funud honno ei bod yn ei licio, ac 'roedd hi'n falch o weld, ar ôl cyrraedd y gwesty, fod Heledd wedi trefnu iddi eistedd wrth ei ymyl ar y bwrdd. O hynny ymlaen, bu'r diwrnod mor arbennig a chofiadwy iddi hi ag y bu i'r briodasferch. Yr oedd fel pe bai wedi cyfarfod tywysog y gusan hud a oedd â'r gallu i ddeffro'r bywyd ynddi. Gallai siarad am bopeth gyda Dic heb deimlo'n swil nac yn wirion, a gallai chwerthin am yr un pethau. Yn wir bu bron iddi anghofio fod John yn dod i alw amdani am bump o'r gloch, ond fe gofiodd John yn iawn. Pump o'r gloch ar y dot, 'roedd o yno, ac ar frys mawr i adael. Bu raid iddi hithau gipio'i chôt a mynd — heb i Dic gael unrhyw gyfle i drefnu ei gweld wedyn.

'''Falla' na fasa fo ddim wedi gofyn am fy ngweld i eto, p'run bynnag,'' meddyliodd, ac eto, teimlai'n eithaf sicr nad ar ei hochr hi yn unig yr oedd y teimlad.

Dim ond pythefnos oedd ers iddi ddechrau mynd allan gyda John. Er nad oedd hi'n ei hoffi ryw lawer, penderfynodd ar y pryd ei fod yn well na neb. Ar ôl cyfarfod Dic, fodd bynnag, 'allai hi ddim meddwl fel yna ddim mwy. Nos Sadwrn y briodas, penderfynodd fod neb yn well na rhywun-rywun, a chyn diwedd y noson, 'roedd John wedi cael ei gardiau.

Aeth tair wythnos heibio heb iddi weld Dic o gwbl. Tair wythnos unig, ddigalon, pan oedd ei meddwl wedi mwydo yn Dic, Dic, Dic.

''Mi ddylat ti ada'l iddo fo wbod,'' meddai llais bach yn ei chlust.

"Sut fedra'i a finna' byth yn 'i weld o?"

"Llythyr," meddai'r llais bach, "llythyr."

Fe wyddai lle'r oedd o'n gweithio, 'roedd yn wir. Gallai anfon y llythyr yno. Ond 'doedd hi ddim yn hoff iawn o'r syniad. Aeth wythnos arall heibio, wythnos arall o feddwl amdano a breuddwydio amdano. Ar ddiwedd yr wythnos, aeth Esyllt ati i 'sgrifennu'r llythyr, ei 'sgrifennu a'i ail-'sgrifennu, nes oedd hi'n weddol fodlon arno. Rhoddodd y llythyr mewn amlen, a'i selio a'i stampio, ac aeth allan i'w bostio.

'Roedd yr awyr yn fudr gan gymylau glaw pan aeth allan o'r tŷ, a chyn pen dim, 'roedd hi'n tresio bwrw. Gyda'r glaw, daeth amheuon i'w meddwl:

Tybed sut groeso a gawsai'r llythyr? Tybed a fyddai Dic yn falch o'i dderbyn? Tybed a fyddai o'n ddig wrthi? Na, go brin, dim yn ddig. Ond tybed a wnâi o chwerthin am ei phen? Dangos y llythyr i'w ffrindiau a gwneud hwyl am ei phen. Gwaeth byth, dangos y llythyr i Heledd a'i gŵr! Gallai ddychmygu fel y byddai Heledd yn chwerthin! Fe fyddai wedi gwneud jôc ohoni'i hun oherwydd ei llythyrau caru. . . Ac eto, 'allai hi ddim credu go iawn y byddai Dic yn dangos y llythyr i neb, ac 'roedd hi mor siŵr ei fod o yn meddwl rhywbeth ohoni . . .

Cyrhaeddodd y bocs postio, a safodd o'i flaen mewn penbleth. Daliodd y llythyr wrth y geg lydan, yn barod i'w bostio.

"'Dydi o ddim yn dy licio di," llafarganodd llais bach cas yn ei chlust. "'Dydi o ddim. Mi fydd gynno fo asgwrn i'w grafu efo ti os posti di'r llythyr 'na, dy hen lythyr gwirion di, yr hen beth fach wirion. 'Does arno fo ddim isio dim byd i'w wneud efo hen beth fach wirion fel chdi. Mae o'n siŵr o fod yn mynd allan efo rhywun, p'run bynnag.'

Penderfynodd Esyllt. Yr oedd wedi trafferthu 'sgrifennu'r llythyr a phrynu stamp i'w roi arno, ac yna wedi cerdded i'r **bocs postio trwy gawod drom o law. Felly, byddai'n wirion** mynd adref eto heb ei bostio.

"Ma'n RHAID i ti 'i bostio fo ar ôl 'i 'sgwennu fo, siŵr iawn," meddai llais bach arall.

"Reit, mi bostia'i o," atebodd. A'i bostio a wnaeth — ond yn gyntaf, fe'i malodd yn gant a mil o ddarnau bach mân fel conffeti.

MAE'N DDRWG GEN I, JOE REES

(Caerdydd 1976)

Pam 'ddaethost ti i eistedd ata'i, Joe Rees? Pam nad aethost ti at ddynas yr het fawr a eisteddai y tu ôl i mi, neu at ddyn yr ambarèl fain yn y sedd dros y ffordd?

Fe sylwais arnat o'r eiliad y camais i fewn i'r bws. Wrth gribinio yn fy mhwrs am arian i'r gyrrwr, ac wrth aros yn y ciw ger y drws i dalu, fe'th welwn yn swatio yn y sedd gefn, yn ddyn tua deugain oed, blêr, budur, heb eillio nac ymolchi am ddiwrnodau. Mae'n rhaid dy fod dithau wedi sylwi arnaf innau, oherwydd prin yr oeddwn wedi eistedd nad oeddet ti wedi codi a dod i eistedd wrth fy ochr, gan sibrwd yn gras, gyfrinachol:—

"Can you tell me when we get to the mental hospital?"

'Ddychrynais i ddim, dim tamaid. Dywedais y byddwn i'n mynd i lawr cyn hynny, ac y byddai'n well i ti ofyn i'r gyrrwr.

"No, no," meddet tithau, a'th lygaid yn daer ddisglair. "No."

'Roedd gen ti lygaid neis hefyd — braidd yn waedlyd, ond neis er hynny. Wrth edrych iddynt i'r byw, ni allwn fod dy ofn di o gwbwl.

"What's your name?" meddet ti.

Bu raid i mi ddweud fy enw tua hanner dwsin o weithiau

39

a'i sillafu ddwywaith. "Eleri." Rhyfeddaist fod y fath enw'n bod, a chefaist gryn drafferth i'w ddweud a'i gofio.

"I'm Joe Rees," meddet ti. "J.O.E. That's easy, isn't it?"

Pam 'afaelaist ti yn fy llaw i, Joe Rees? Fe deimlwn yn eithaf cyfforddus yn dy gwmni cyn hynny. Ond pan gychwynnodd injan y bws, fe sylwais ar y cryndod hwnnw a ddaeth drosot fel cawod. Ai swn sydyn yr injan a'th ddychrynodd? Ynteu ai dy weld dy hun yn nesáu at dy gyrchfan a barodd i'th du fewn droi? P'run bynnag, gafaelaist yn fy llaw mor dynn ac angerddol â phe bai'n ddelw o'r groes. Sylwais innau am y tro cyntaf ar y graith lydan yn wên i gyd ar draws dy arddwrn. Gwelaist fi'n syllu arni.

"I did that," meddet ti, a balchder hen filwr yn dangos ei fedal yn dy lais.

'Siaradom ni fawr ar ôl hynny, dim ond eistedd law yn llaw, a thithau bob hyn a hyn yn gwasgu fy llaw yn ysgafn, a'i chusanu'n ysgafn hefyd. Yna, troi i edrych arna'i a phob math o bethau ymhlyg yn dy lygaid coch.

Fe wyddwn fod dynas yr het fawr yn sbïo. Er ei bod yn eistedd y tu ôl i mi, teimlwn fy hun yn llosgi dan ei llygadrythiad. A dyn yr ambarèl fain, 'roedd hwnnw hefyd yn sbecian yn slei dros ei sbectol. Euthum i deimlo'n annifyr, a hynny nid am dy fod ti yno ac yn gafael yn fy llaw, Joe Rees, ond am eu bod hwy yno, i sbïo ac i weld. Bob tro yr arhosai'r bws i godi haid arall o bobl, meddyliwn: 'O, gobeithio na ddaw neb 'dw i'n 'i nabod i fyny, a 'ngweld i'n y fan hyn efo hwn.' Ond o leiaf, gallwn fod wedi egluro'r sefyllfa yn ddiweddarach i ffrind neu gydnabod. Mewn ffordd, 'roedd cael fy ngweld gyda thi gan ddieithriaid hollol yn waeth, gan y gallai'r rheiny weu eu straeon eu hunain o'n cwmpas. Er enghraifft, y merched cyrliog, neis yn eu cotiau ffwr. 'Welaist ti'r rheiny'n 'nelu wrth fynd heibio?

Gallwn eu dychmygu yn ein trafod ar ôl eistedd i lawr:

"'Welsoch chi'r ddau yna'n ista wrth y drws? Yr hen ddyn budr 'na a'r hogan fach ifanc yn gafa'l yn nwylo'i gilydd.''

"Do, mi sylwis inna' arnyn nhw hefyd. Be' ydyn nhw deudwch, dau gariad? Mae o'n ddigon hen i fod yn dad iddi hi.''

"'Roedd o'n edrach i fyw 'i llygaid hi'n gariadus iawn pan es i heibio, beth bynnag. 'Does 'na ryw gypla' od deudwch?''

"Be' ma' hi'n 'i weld ynddo fo liciwn i wbod.''

Efallai na ddywedson nhw ddim o'r fath, ond 'roedd beth *allen* nhw fod yn ei ddweud a'i feddwl yn ddigon i'm poeni i. Braidd na welwn hi'n braf arnat, Joe Rees, am dy fod y tu hwnt i hitio am y fath bethau.

Pam yr arhosais i yno gyda thi, heb symud, Joe Rees? Pam na chipiais i fy llaw yn ôl? 'Wn i ddim yn iawn, os nad oeddwn yn synhwyro rywsut ei bod yn golygu llawer i ti gael gafael yn llaw rhywun y prynhawn hwnnw, ac i mi wybod yn fy nghalon dy fod, am y tro, yn bwysicach na neb arall ar y bws. Medrais aros yno wrth d'ochor nes oedd hi'n bryd i mi fynd i lawr.

Cerddwn oddi wrth y bws gan anadlu fy rhyddhad. Yr oeddem wedi ffarwelio, a thithau wedi sibrwd "God bless" yn gynnes. Edrychais yn ôl i gael un cip arall arnat cyn i'r bws ailgychwyn a diflannu, ond ni allwn dy weld o gwbwl. Gwelais ddynas yr het fawr, fodd bynnag, a'r merched cyrliog, a llond y ffenestri o wynebau eraill, i gyd yn craffu arnaf i. Trois o'm cwmpas yn sydyn, a dyna lle'r oeddet ti, Joe Rees, wedi fy nilyn o'r bws, ac yn sefyll yno y tu ôl i mi! Cofiaf i mi weiddi dros bob man:

"Get back on the bus, quick! You're not there yet.''

Ond 'roedd y bws wedi cychwyn, a'r wynebau yn y ffenestri i gyd yn troi'n ôl ar eu hechelau er mwyn ein gweld yn well — pob un ohonynt yn edrych i'r un cyfeiriad, fel defaid. Atebaist tithau:

"It doesn't matter. I'm coming with you now."

Am y tro cyntaf ers i mi gwrdd â thi, llifodd ofn drosof. Ac eto, nid dy ofn *di* oedd gennyf, ond ofn na allwn gael gwared â thi, ofn y cyfrifoldeb. Beth oeddet ti'n ei ddisgwyl i mi 'i wneud? Mynd â thi adref i 'nôl te a thaenu jam ar dy frechdan? Beth a feddyliai'r cymdogion? Beth a ddywedai'r lleill yn y tŷ wedi i mi dy gyflwyno:

"Dyma Joe Rees. 'Roedd o ar y ffordd i 'sbyty meddwl, ond mi feddylis i y deuwn i â fo adra i 'nôl te."

"Wel, cer â fo yno ar unwaith, ac aros yno dy hun am 'rom bach i edrach wnei di gallio." Rhywbeth fel'na fyddai'r ateb, mae'n debyg.

Fe allwn fod wedi dy ddanfon yno'n ddiogel, mae'n wir, ond mae'n rhaid i ti gyfaddef mai'r peth callaf, a'r mwyaf normal a'r mwyaf derbyniol i rywun yn fy sefyllfa i ei wneud oedd rhedeg i ffwrdd a'th adael. Rhedais felly am fy mywyd, nes cyrraedd adref a chau'r drws o'm hôl.

Beth a ddigwyddodd i ti Joe Rees? 'Gyrhaeddaist ti'r ysbyty ai peidio? 'Wyt ti'n teimlo'n well?

Bûm yn meddwl amdanat droeon ac yn sôn amdanat wrth amryw. Credai pawb i mi wneud yn iawn pan redais i ffwrdd a'th adael, ond i mi fynd braidd yn rhy bell drwy eistedd law yn llaw gyda thi ar y bws. Y fi, nid ti, a gafodd eu cydymdeimlad, wrth gwrs, gan fy mod i yn un ohonynt, y bobl normal, sy'n byw eu bywydau o fewn deddfau bach distaw cymdeithas, y rheolau bach hynny a ddyfeisiodd dyn yn ei ben, er i'w galon wrthod rhoi sêl ei bendith arnynt erioed.

Mae'n ddrwg gen i Joe Rees. Fe wn i nad mellt gwyllt oedd yn dy lygaid, ond yn hytrach, rhyw niwl trist. 'Roeddet ti'n fwy fel ci mwythus na dyn o'i go'; 'doedd gen i ddim esgus i'th adael. Ac 'wyddwn i erioed o'r blaen mor annwyl, mor hoffus — ac mor ddoniol — y gall dyn fod ar ôl colli'i fwgwd a'i ystumiau cymdeithasol. Daethost ataf fel anifail anwes i fynnu dy fwytha', yn hollol naturiol ac onest, heb ronyn o gywilydd, a bron na chanet rwndi wrth afael yn fy llaw. Ti oedd y creadur mwyaf annwyl ar y bws! Ond, 'wyddost ti, pe baem ni'n dau wedi codi a thynnu het dynas yr het fawr i ffwrdd, a chymryd ambarèl dyn yr ambarèl fain oddi wrtho; tynnu ein dwylo drwy gyrls y merched cyrliog, neis, a'u hamddifadu o'u cotiau ffwr — yna mynd ati fel dwy gigfran i'w pigo nhw a phawb arall yn lanach, lanach o'r sypiau o symbolau a'u cuddient, 'synnwn i fawr na fyddent i gyd mor annwyl â thithau. Ac yna, byddai gyrrwr y bws yn canu'r corn, a'n hebrwng ni oll i'r fan lle mae pawb yn gafael yn nwylo'i gilydd, a lle na chaniateir i bobl redeg i ffwrdd.

KOSHKA

Dechreuodd Koshka grynu o'r funud y cychwynnodd y trên. Aeth cannwyll ddu ei llygaid yn fach, fach; tywyllwyd ei llygaid gan ofn. Tawodd ei chân grwndi. Diflannodd ei miaw melfed, ond ambell dro, deuai swˆn tebyg i grawcian distaw iawn ohoni.

'Welodd Elanor erioed mo Koshka felly o'r blaen. Er pan ddaeth i fyw ati hi a'i ffrindiau yn y fflat yn Lerpwl ddeufis yn ôl, ni bu diwedd ar ei chwarae na'i direidi. Cafodd y genethod hyd i'r enw cyn cael hyd i'r gath: Koshka, yr enw Rwseg am gath fanw neu gath fach. Ond er nad oedd Kosh ddim dau damaid o gath, fe lwyddodd i wneud digon o ddrygioni yn ystod y deufis. Bu'n torri llestri, bwyta'r cig dydd Sul, cerdded dros y genethod yn y nos pan oeddent yn cysgu, nes eu deffro a'u dychryn, a defnyddiodd sliper croen dafad Elanor fel tŷ bach fwy nag unwaith. Llwyddodd hefyd i ennill calon pawb, gyda'i cheg siâp gwên, a'i chôt ddu yn sgleinio fel gwydr.

"Koshka fach," meddai Elanor, "'fyddwn ni ddim yn hir. 'Does dim isio i ti fod ofn. 'Dw i'n edrach ar d'ôl di. Cyn bo hir, mi fyddwn ni'n cyrraedd y stesion, ac mi fydd Mam a Dad yno i'n cyfarfod ni. Ac mi gawn amsar da adra dros y Nadolig; mi gei di ddigon o fwyd a digon o le i chwara. 'Rwyt ti'n hollol saff ar y trên 'ma, fasa ti ddim ond yn gwbod."

"Ydach chi'n meddwl 'i bod hi'n 'ch dallt chi?" gofynnodd y dyn a eisteddai dros y ffordd. 'Roedd o wedi bod yn gwenu wrtho'i hun ers meityn.

Blinodd Elanor ar undonedd y siwrnai yn y trên ac aeth ei meddwl ar grwydr. Meddyliodd am ei chariad, meddyliodd am weld ei theulu a'i chyfeillion unwaith eto, meddyliodd am y twmpath o waith coleg oedd ganddi i'w wneud dros y gwyliau. Ac wrth deimlo'r anhunedd a'r tyndra yn y gath fach ar ei glin, aeth i feddwl am adegau yn ei bywyd pan deimlai fel hyn ei hunan.

Daeth un noson arbennig i'w meddwl. Hen noson oer, dywyll, heb na lleuad na seren uwchben. A hithau, Elanor, naw oed, yn aros oddi cartref heb ei rhieni am y tro cyntaf erioed. Dim ond yn nhŷ ei thaid a'i nain yn y pentref nesaf yr oedd hi, ond edrychai fel pen draw'r byd iddi hi ar y pryd.

Aeth pawb i'r gwely am ddeg o'r gloch. Aeth Elanor i dynnu amdani ac ymolchi, ond teimlai fod cwsg flynyddoedd i ffwrdd. Aeth i sefyll o flaen y ffenest yn ei choban a bu yno am bum munud yn gwylio ceir yn gwibio heibio yn y pellter, a'u goleuadau fel llygaid cathod yn y nos. Blinodd ar hynny, ac edrychodd o'i chwmpas. Gwelodd ddarn o rywbeth tebyg i lun yn dod i'r golwg dros ben y cwpwrdd dillad. Penderfynodd fusnesu ac aeth i 'nôl cadair, gan ei gosod yn erbyn y cwpwrdd a'i dringo. Ymbalfalodd ei bysedd ar ben y cwpwrdd, nes oedd llwch o dan bob ewin — a dau lun mawr wedi eu fframio â derw du, yn ei dwylo. Gosododd hwy'n ofalus yn erbyn y cwpwrdd, ac aeth i 'nôl ei hances o'i phoced i lanhau'r llwch i ffwrdd. Wedi gorffen, camodd yn ôl i edrych arnynt.

Ar y dde, 'roedd llun o ŵr canol oed a'i wallt du wedi'i rannu yn y canol. Cuddiwyd y rhan isaf i'w wyneb gan fwstash a barf drwchus a locsyn clust. Gwisgai goler uchel am ei wddf, a thei fain i warchod y goler. Ar y chwith, 'roedd llun o wraig ganol oed, ei gwallt hithau wedi'i rannu'n y canol, ac yna, wedi'i dynnu'n ôl yn dynn. Gwisgai flows wen ac iddi wddf uchel, a broetsh fawr i'w chadw yn ei lle. Dau wyneb Piwritanaidd, llym, heb wên o fath yn y byd ar y gwefusau nac yn y llygaid.

Pan edrychodd Elanor ar y lluniau, teimlodd ias o ofn yn ei chosi drosti. Teimlai ei hun yn cael ei hypnoteiddio gan y pedwar llygad. Symudodd, ond ble bynnag yr âi yn yr ystafell, 'roedd y llygaid yn ei dilyn ac yn edrych i fyw ei llygaid hi. Synhwyrai rywsut fod y llygaid yn ddig wrthi. Gwyddai ei bod wedi pechu yn eu herbyn, ond ni allai feddwl sut. Teimlai yn euog, ond ni wyddai paham. Ym mhob un o'r pedwar llygad, yr oedd cerydd.

Penderfynodd eu rhoi yn ôl ar ben y cwpwrdd, ond ni allai feddwl am eu cyffwrdd. Yn y diwedd, taflodd ei chôt drostynt, a neidiodd i mewn i'r gwely.

Bu am hir, hir heb gysgu. Teimlai yn annifyr o effro, er iddi hiraethu am gwsg a chael dianc oddi wrth y llygaid. Daeth cwsg o'r diwedd ond ni ddaeth dihangfa. Mewn breuddwyd, gwelodd ei hun yn y capel, ac er ei dychryn, sylweddolodd mai Mr Jones, y gweinidog, oedd yn y pulpud. Fel arfer, 'roedd o'n bloeddio nerth ei ben, a chlywodd Elanor y geiriau 'tân a brwmstan'. Deallodd ar ei hunion ei fod yn pregethu, unwaith eto, am uffern. Dechreuodd ei bol frifo. Yna, sylwodd ar lygaid y gweinidog. Yr oedd ganddo o leiaf chwech ohonynt o gwmpas ei dalcen, fel pe bai'n rhyw gawr triphen ofnadwy, ac 'roedd yr un olwg yn union ynddynt ag oedd yn y llygaid yn y darluniau. 'Roeddan nhw'n ddig, yn llawn cerydd, yn llawn cyhuddiad, ac yn waeth na dim, 'roeddan nhw'n edrych arni hi. Ni allai Elanor ddeall yr un gair a ddywedai erbyn hyn, eto, gwyddai mai hi a fu'n gyfrifol am ei gynddeiriogi. Dyna pam yr oedd o'n gweiddi cymaint, am ei fod o wedi gwylltio efo *hi.* 'Roedd yn rhaid iddi foddi ei lais. Gwaeddodd dros y lle: "'Wnes i ddim byd." Ond yna, daeth y gweinidog i lawr o'i bulpud, a cherddodd am sedd Elanor. Daeth yn nes, nes, a gafaelodd ynddi, a'i hysgwyd yn iawn. Gwaeddodd hithau'n uwch.

Cymerodd dipyn o amser i Elanor sylweddoli a derbyn mai ei naín oedd yno yn ei hysgwyd, ac nid y gweinidog.

Cafodd Nain druan ei deffro o'i chwsg gan sgrechiadau ofnadwy ei hwyres, a rhedodd yno nerth ei thraed. Wedi iddi ddod ati'i hun, adroddodd Elanor yr holl hanes.

"Twt, twt, 'rhen hogan wirion," meddai Nain, "yn tynnu'r llunia' i lawr a chodi ofn arnat dy hun i ddim byd. 'Dydyn nhw'n neb ond mam a thad Taid. 'Does dim isio i ti fod 'u hofn nhw."

Yn bell wedi i Nain fynd, yn hwyr i'r nos, bu Elanor yn effro. Rhyfedd nad oedd y lluniau, a barodd y fath ddychryn iddi hi, yn peri dim dychryn o gwbwl i Nain. Bu Nain yn ceisio ei chysuro am hir, chwara teg, ond er nad oedd gan Nain ei hun ofn, ni allai argyhoeddi Elanor nad oedd dim rheswm iddi hithau fod ofn ychwaith.

"Ddim mwy na fedra' i argyhoeddi Koshka nad oes raid iddi hi fod ofn y daith yma," meddyliodd Elanor wrthi'i hun, "er nad oes gin i mo'i hofn hi fy hun."

Caeodd Elanor ei llygaid. O! mor braf fyddai gallu meddwl am ei bywyd ar y ddaear fel cath yn mynd am reid mewn trên! Teimlai yn aml mai siwrnai ddiystyr, ddibwrpas oedd ei bywyd, heb fodd iddi wybod am faint y parhâi, nac i ble'r oedd hi'n mynd. Yn aml, hefyd, bu ganddi ofn, fel 'roedd gan Koshka ofn yn awr. Ac eto, 'roedd pwrpas i siwrnai'r gath, er na wyddai hi amdano, ac er ei holl ofn, yr oedd, mewn gwirionedd, yn saff. Mor braf fyddai gallu credu fod Duw yn edrych ar ei hôl hi, Elanor, fel 'roedd hi'n edrych ar ôl y gath, a'i bod hithau, mewn gwirionedd, yn ddiogel, a phwrpas i'w thaith. Ond yn yr un ffordd na allai hi roi ar ddeall i Koshka fod popeth yn iawn, oherwydd yr agendor rhwng dyn ac anifail, felly ni allai Duw roi ar ddeall i bobl fod popeth yn iawn, oherwydd yr agendor rhyngddynt hwy. 'Roedd hwnna'n syniad cynnes, cyfforddus.

Nid fod Elanor yn credu hynny. Hoffi credu hynny fyddai hi. Collodd hynny o grefydd a fu ganddi erioed pan oedd hi'n bedair ar ddeg oed.

Edrychodd i fyny. 'Roedd y dyn a eisteddai o'i blaen yn

pendwmpian cysgu. Gwasgodd y gath fach ar ei glin ati'n dynn, a sibrydodd yn un o'i chlustiau sensitif, rhyfedd:

"Mae gin inna' ofn hefyd, Kosh."

"Miaw," meddai Koshka, yn gall.

NOSON Y FODRWY

Eistedd mewn tafarn win orlawn, a gweld dim ond tri pheth: dau wydraid o win gloyw ar y bwrdd o'i blaen a'r fodrwy newydd ar drydydd bys ei llaw chwith. Gweld sêr arian bach yn cynnau a diffodd a chynnau drachefn drwy'r gwin, ac eto ar garreg ddiamwnt y fodrwy, gan fynnu ei sylw. Teimlo'r gwin yn dechrau codi i'w phen; teimlo'r fodrwy yn drom a dieithr ar ei bys. Codi'r gwydr gyda'i llaw chwith heno, a'i godi'n aml. Yfed nes diffodd seren olaf y gwin.

"Dim lemonêd wyt ti'n 'i yfad, cofia. Dyna'r trydydd i ti heno."

"Chware teg i mi. Yf ditha' hefyd. Yma i ddathlu ydan ni."

"Mi fyddi di'n dathlu â dy draed i fyny os na chymeri di ofal."

Ond mae o'n gorffen ei ddiod fel hithau, ac yn mynd â'r ddau wydr at y bar i'w hail-lenwi. Dyma gyfle arall iddi edrych ar ei modrwy yn iawn, a rhoi'r un sylw astud i'w llaw ag a roddai iddi ers talwm pan afaelai'i mam ym mhob bys yn ei dro gan adrodd yr hen bennill hwnnw:—

"'Ddoi di i'r mynydd?" meddai'r Fawd.

"Beth wnawn ni'n fanno?" meddai Bys yr Uwd.

"Dwgyd defaid," meddai'r Hirfys.

"Petai gweld?" meddai'r Cwtfys.

"Llechwn dan lechan," meddai'r Bys Bychan.

Heno, 'roedd yr hen Gwtfys gwyliadwrus wedi'i ddal dan

gadwyn, tra'r oedd yr Hirfys a'r Bys Bychan yn ceisio dygymod â'u cymydog newydd. Ac wrth edrych i fyw'r ddiamwnt, gallai weld wyneb ei mam yn edrych yn ôl arni . .

Gwraig fechan, gwallt brith, bochau rhosod cochion a brat neilon bob amser. Mam. Mae yna gwmwl o'i chwmpas; mae yna rywbeth ar ei meddwl. Mae hi'n poeni — yn poeni amdanaf fi, am fy mod yn tynnu am bump ar hugain oed a dim hanes gŵr ar y gorwel. 'Roedd hi mor falch pan briododd Rhiannon; o leiaf, dyna un ferch wedi setlo. Ond 'fûm i erioed mor ddel nac mor boblogaidd â Rhiannon, ac mae gan Mam ofn — ofn na cha' i neb. Mae hi'n poeni'n ddistaw bach am beth a ddaw ohonof ar ôl i 'Nhad a hithau farw, am bwy fydd yma i edrych ar f'ôl. Ond efallai ei bod hi'n poeni'n fwy byth am beth y mae pobl yn ei ddweud a'i feddwl. 'Does arni ddim eisiau i neb feddwl na all un o'i merched hi gael gŵr.

Er mwyn cadw wyneb gyda'r cymdogion, mae hi'n creu cariadon dychmygol i mi ac yn sôn amdanynt pan fo angen. Ei chyngor i mi yw hyn: "Isio i ti gymryd arnat bod gin ti rywun sydd. 'Wyddost ti, adag rhyfal, mi fydda' 'na lawar o hen ferchaid yn deud fod 'u cariadon nhw wedi'u lladd yn y rhyfal, a nhwtha' heb gariad o gwbwl."

Mae ei hanesion am hen ferched yn fy ngwneud yn anesmwyth. Mae hi'n sôn am unigrwydd, ac mae hynny'n fy nychryn. Mae gen i gymaint o ofn cael fy ngadael ar ôl â label 'hen ferch' am fy ngwddf.

Eto, 'does arna' i ddim eisiau iddi hi chwilio am ŵr i mi, ond dyna mae hi'n ei wneud. Mae hi'n benderfynol o greu iddi'i hun fab-yng-nghyfraith o ddefnyddiau crai y pentref — bechgyn fel Ifor 'Refail a Deio Tan Fron. Ond 'does gan Ifor ddim diddordeb yno' i, ac mae Deio yn ddigon call i sylweddoli beth sy'n mynd ymlaen. Mae o'n dweud wrth ei ffrindiau, ac mae Mam a minnau'n dod yn jôc yn y pentref.

O'r cywilydd! Mae hynny'n brifo, ac mae geiriau yr hen gân werin yn brathu i'r byw:

> "Ond nid oedd un o lancia'r pentra
> Am briodi Lusa fach yr Hendra . . ."

Mae'r cwmwl yn codi. Dacw Mam yn edrych yn sioncach, yn hapus, yn falch. Aled sydd wedi dechrau cymryd diddordeb yno' i! Mae hithau'n mynd i weithio arno'n ddiwyd ac yn gwau ei gwe o'i gwmpas yn ofalus. Gwahoddiad i ginio yw ei gwe hi, ac mae ei chroeso yn chwilboeth pan ddaw acw. Dacw ddrysau'r popty yn agor a bwydydd blasus o bob math yn dod allan, yn gywion ieir, yn bwdin reis a thartennau 'fala' cartref.

"Dowch, Aled bach, bwytwch lond 'ch bol. Dowch, cymerwch 'chwanag o'r hufan 'ma. Mae 'ma ddigon ohono fo."

Mae Aled a minnau'n dechrau canlyn, ac mae Mam wrth ei bodd. Yn nesaf peth, mae safn y peiriant golchi'n agor ac yn llyncu bwndeli o'i ddillad budron o. Meddai hithau:

"'Waeth i chi ddŵad â nhw yma i mi'u golchi nhw ddim, gan fod gin i beiriant. 'Fyddan nhw fawr o dro na 'fyddan nhw'n barod rŵan. Cofiwch, unrhyw dro y byddwch chi isio golchi dillad, dowch â nhw yma."

Mae Aled yn gofyn i mi briodi, ac mae wyneb Mam yn tywynnu haul. Da iawn, yr hen bry' cop; fe ddaliaist dy bry' y tro hwn. Dacw hi'n diflannu rŵan i ddweud wrth Huws Riportar am y dyweddïad, ac yn aros am eiliad gyda Cadi Cae Ffynnon ar y ffordd.

"Ydi, cofiwch, mae Sulwen ni yn priodi. Hogyn bach neis ofnadwy. Cymro, ia. Ydan, 'dan ni'n falch iawn."

Y mae Aled yn ei ôl, a'r gwydrau gwin yn llawn. Dechrau yfed unwaith eto, ac Aled yn dechrau siarad.

"'Wsti be', Sul, 'dw i'n meddwl bod dy fam yn iawn efo gneud list o bob dim 'rydan ni isio yn bresanta' priodas, a'i rhoi hi i bawb sy'n gofyn be' ydan ni isio. Meddylia rŵan be' fyddwn ni 'i angan . . ."

Clywed Aled yn rhestru celfi tŷ wrth ei hochr. Dychwelyd at ei phêl risial fel sipsi er mwyn osgoi hyrdi-gyrdi ei lais.

Dacw hi Cadi Cae Ffynnon unwaith eto, a Hannah Tŷ'r Ardd a dwsin arall o'r cymdogion yn ymwthio am le yn y garreg ddiamwnt. Maen nhw'n dewion, hefyd, fel twrcwns wedi eu pesgi ar gyfer y Nadolig, a'r un mor swnllyd. Merched canol oed, di-siâp, pob un gyda modrwy aur ar ei bys priodas, a'r cnawd wedi chwyddo'n goch o bobtu iddi. Hon yw'r drwydded i bopeth yn eu cymdeithas; hi yw'r dystysgrif sy'n dweud wrth y byd: LLWYDDODD HON I GAEL GŴR. Ond nid yw eu gwŷr na'u boliau tewion yn gallu llenwi eu bywydau bach. Disgwyliant i rai fel fi wneud hynny. Maen nhw'n disgwyl i mi briodi ers talwm er mwyn dod â rhywfaint o newyddion i'r pentref, ac ychydig o ramant i'w bywydau. Ond mae'r ffaith fy mod bron â chyrraedd pump ar hugain erbyn hyn, a hynny heb ŵr wrth f'ochr, hefyd yn destun oriau difyr o drafod iddynt. Maen nhw'n fanc o straeon, yn gwybod hanes pawb ac ofn colli dim.

Yr holi sy'n fy mlino i fwyaf, y cwestiynau a'r croesholi.

"Be' amdanach chi, Sulwen? 'Oes gynnoch chi rywun?"

"Be' 'di'ch hanas chi, Sulwen? 'Ydach chi'n canlyn be — rŵan?"

(Bu bron iddi ddweud 'bellach' yn lle 'rŵan'.)

"'Ron i'n clwad gin 'ch mam fod gynnoch chi rywun tua Chaer. Ble ydach chi'n 'i guddiad o, 'dwch? Dowch â fo i'w ddangos."

"'Dydi hi ddim yn bryd i ti chwilio am ŵr, dwad? 'Ta hen ferch fel dy fam wyt ti am fod?"

Hen ferch fel dy fam. Mae honna'n ryw fath o jôc i fod, ac mae Cadi yn chwerthin yn galonnog wrth ei ddweud. Ond crio fydda' i wrth feddwl am y cwestiynau, unwaith y byddaf ar fy mhen fy hun yn f'ystafell.

Ust! Mae yna ryw gyffro! Maen nhw'n siarad yn wylltach nag arfer. Mae'n rhaid eu bod nhw wedi cael rhyw newydd. Mae pawb o gwmpas Hannah Tŷ'r Ardd, ac mae hithau'n dweud ei bod wedi clywed fy mod i yn canlyn 'o ddifri'. Maen nhw'n fy holi i'n fwy nag erioed yn awr wrth gwrs — holi yw hanfod eu sgwrs — ond mae natur eu cwestiynau yn wahanol. Mae'n haws gen i ateb y rhain.

"Clwad 'ch bod chi'n canlyn. Un o ble ydi o? Cymro? O, neis iawn, wir. A be' mae o'n 'i neud? O, reit dda."

"'Oes 'na *engagement* am fod?"

Dacw hi Cadi Cae Ffynnon yn fy aros y tu allan i'w thŷ, ar ôl i Mam ddweud wrthi am y dyweddïad.

"Pryd ma'r diwrnod mawr? 'Oes 'na briodas fawr am fod? Mewn gwyn?"

A dyma Hannah allan o'i thŷ hithau.

"Pryd ydach chi'n joinio'r clwb, Sulwen?"

Mae pawb yn sôn am y briodas yn barod, a minnau ond prin wedi dyweddïo. 'Dw i'n cofio, pan briododd Rhiannon, 'roedd pobl yn disgwyl iddi gael babi cyn i luniau'r briodas ddod allan. Pam na chaiff un peth lonydd i ddigwydd cyn bod rhaid rhuthro i'r nesaf? Pam mae'n rhaid i ni redeg ras trwy gydol ein bywyd, neidio dros y clwydi o gael ein geni, mynd i'r ysgol, chwilio am gariad, dyweddïo, priodi, cael plant, ac yna, pasio'r ffagl i'r rheiny gario ymlaen? Rhuthro a rasio, a hynny heb fod brys.

Mae Cadi a Hannah yn cael blas ar fy nhrafod wedi i mi fynd heibio, beth bynnag.

"'Dydi hi'n cael fawr o *match*, cofiwch. Mae Leus yn 'nabod 'i deulu fo'n iawn. Pobl ddigon cyffredin ydyn nhw, ond mae o i'w weld yn hogyn bach reit neis."

"Ydi. Hogyn bach call, yntê? A rhyngddoch chi a fi, mi fu hi'n lwcus iawn i'w gal o."

Mae Aled yn trafod manteision y cwilt *Continental* erbyn hyn. Ceisio'i gorfodi'i hun i wrando, ond mae'r ddiamwnt yn dechrau llenwi unwaith eto, nes bod llais Aled yn ddim ond cân rwndi yn y cefndir. Merched sydd yn llenwi'r garreg unwaith eto. Merched ifanc yw'r rhain, teneuach na'r lleill, ond yr un mor siaradus. Ac mae gan hyd yn oed yr ieuengaf fodrwy aur ar ei bys priodas ... Gyda'r rhain y bûm yn treulio fy mhlentyndod, yn chwarae 'gennod neis' a 'tŷ bach' yn y caeau. Ym mhob gêm, 'roeddem ni rywffordd yn ceisio dynwared ein mamau, ond unwaith yr oeddem ni dros y pymtheg, aeth y chwarae yn un gêm orffwyll o *musical chairs*. Pawb mewn panic gwyllt yn ceisio bachu'r bachgen agosaf rhag cael eu gadael heb neb. 'Does dim gormod o ots pwy ydi o; mae Dic Pant gystal â Jac Nant. Bechgyn ydi'r ddau, a chael gafael ar fachgen sy'n bwysig rhag bod allan o'r gêm pan ddaw miwsig ein hieuenctid i ben.

Mae'r priodasau'n cychwyn. Dacw un ffrind ar ôl y llall yn diflannu am eiliad dan gawod o gonffeti, a byth yn hollol yr un fath wedyn. Mae eu diddordebau'n wahanol i'm rhai i erbyn hyn, ac 'fedrwn ni ddim sgwrsio am yr un pethau. Gyda phob priodas, 'dw i'n fy nheimlo fy hun yn pellhau mwy a mwy oddi wrth yr hen griw, a 'dw i'n colli eu cwmni a'u cymdeithas. Mae gen i hiraeth am rannu cyfrinachau diniwed yn yr hen agosatrwydd. Mae eu heisiau nhw arna'i o hyd, ond 'does arnyn nhw mo f'angen i o gwbwl ddim mwy.

Mae tua'u chwarter nhw wedi cael ysgariad yn barod, mae'n wir, ac mae dwy neu dair o'r rheiny ar eu hail wr — cyn cyrraedd pump ar hugain oed. Fe wn hefyd fod mwy nag un o'r rhai sy'n dal yn briod heb fod yn hapus. Ond 'does dim ots. Mae merch sy wedi priodi'n anhapus neu wedi cael ysgariad yn fwy derbyniol yn ein cymdeithas ni heddiw na merch sy heb briodi o gwbwl. Mae'n cymdeithas ni mewn cariad â phriodas ...

A dyma fo Aled yn dod, ac yn ei sgîl, daw aelodaeth. 'Dw i'n dechrau cymysgu gyda'm hen ffrindiau unwaith eto — mae gennym brofiadau i'w rhannu gyda'n gilydd fel o'r blaen. 'Dw i'n mynd allan efo nhw, i barti, i ginio, i briodas, gan fod gen innau fy mhartnar fel hwythau yn awr. Mae'r dyweddïad yn rhoi'r sêl ar y ffaith fy mod i wedi fy nerbyn yn un ohonyn nhw'n ôl. Dacw nhw yn un clwstwr o gwmpas y ddiamwnt. Pob un eisiau cael trio fy modrwy ar ei bys, yn gôr o longyfarchiadau . . .

Y mae Aled yn brysio i'r bar cyn i'r gloch olaf ganu. O bawb yn ei byd, y fo fu fwyaf cyndyn i ymddangos yn y ddiamwnt. Beth a ddywedodd hi wrtho ryw awr yn ôl?

''Yma i ddathlu ydan ni.''

A hynny oedd wir . . . Yno i ddathlu eu dyweddïad, i yfed gwin ac i feddwl am bethau hapus. Noson oedd hon i edrych ar yr holl fanteision a ddaeth ac a ddeuai o'r dyweddïad a'r briodas. Heno, 'roedd yn rhaid gwasgu'r anfanteision dros ymylon y garreg ddiamwnt a'u gwahardd rhag dringo i fyny yn ôl — tan yfory . . .

Teimlo hud-a-lledrith y fodrwy yn denu'i sylw unwaith eto. Edrych. O'r diwedd, dyma fo Aled yn edrych arni o'r garreg.

Dacw fo yn y parti, yn edrych ar goll ac yn ansicr ohono'i hun. Y fo ydi'r unig fachgen yno heb bartnar. Y fi ydi'r unig ferch ar ôl. Mae'r peth yn anochel o'r cychwyn. Mae'r cwestiwn: '''Wnei di 'mhriodi i?'' ymhlyg yn ei eiriau cyntaf: '''Ydach chi isio dawnsio?'' Dim ond y ni'n dau sydd heb fod ar y llawr yn dawnsio. Dim ond y ni'n dau sydd ar ôl yn yr ardal o'n cenhedlaeth ni heb briodi. A 'does dim arall amdani. O, 'dw i'n 'i licio fo — mae o'n iawn, ac yn ffeind a gofalus ohono'i. Ambell i noson, mi fydda' i'n 'i licio fo'n well na'i gilydd. Ond 'fydda' i BYTH yn teimlo 'mod i'n 'i garu o. Ac mae treulio gweddill fy mywyd yn ei gwmni, a hynny fel ei wraig, yn rhywbeth y gwrthodaf feddwl amdano heno. Heno o bob noson! Heno, mae'n rhaid i mi gofio i mi fod mewn uffern waeth, ac i mi gael fy ngwaredu ohoni. Cofio'r pwysau dychrynllyd o bob cyfeiriad a wnaeth i mi sgrechian yn y diwedd: ''Dduw, dyro i mi rwbath,'' a theimlo'n falch o gael i mi'n gariad un o'r bechgyn olaf y dewiswn eu cael.

Wrth gofio hynny, daw'n haws dioddef hyn. Ac eto, dyma mam Hannah Tŷ'r Ardd yn mynnu ymddangos yn y ddiamwnt. Mae hi'n sôn am hen fwthyn yn y pentref a gawsai ei aflonyddu gan ysbryd rhyw ddyn a'i crogodd ei hun yno pan oedd hi'n ifanc.

"Yr hen Siôn Parri druan! 'Roedd o wedi cael ei boeni lawar iawn yn yr hen fyd 'ma, ac yn methu gweld dim ffordd allan ond 'i ladd 'i hun. Ond coeliwch chi fi, pan fydd rhywun yn trio ymyrryd ag ewyllys y Bod Mawr, a dewis gada'l y byd 'ma cyn i'w amsar o ddwad, 'chaiff ei ysbryd o byth orffwys yn llonydd."

A dyma finnau, wedi dewis priodi cyn teimlo bod yr amser iawn na'r person iawn wedi dod, ac ofn calon y bydd f'ysbryd innau yn aflonydd weddill f'oes. Mae 'na gân sy'n dweud fod 'na amser i bob dim dan y nefoedd. Y cwbwl sy raid i ni 'i wneud yw aros a gadael i bethau ddigwydd. Mi fyddai'n dda gen i gael gwneud hynny, ond mae pawb arall yn carlamu heibio, a 'does arna' inna' ddim eisiau bod ar ôl.

Eistedd ar y llawr yn fflat Aled, a'r cloc yn taro hanner nos. Gweld y botel win wag yn nofio'n feddw oddi wrthi, a gweld y fodrwy yn rhoi ambell i winc arni drwy gornel ei llygad.

"Yr argian fawr, Sul, 'rwyt ti wedi edrach ar y fodrwy 'na heno. Ond ma' hi yn un neis, ran hynny."

"Ydi, ond dim dyna pam o'n i'n edrach arni hi. Meddwl o'n i, wrth edrach arni, mai efo'r lwmpyn yma o garrag, gwerth trigian punt o ddeimond, y ces i fy mhrynu. Ai dyna faint ydw i werth, Aled?"

"Taw â rwdlan. 'Rwyt ti wedi cal gormod i yfad. Yli, ty'd i ni feddwl be' gawn ni brynu efo'r arian gawn ni gin dy fam a dy dad ar 'n priodas. 'Dan ni byth wedi penderfynu hynny."

"Mi wn i be' gawn ni! Mi gymerwn ni grêt o win."

"Crêt o win! A be' 'nawn ni efo'r holl arian dros ben?"

"Prynu can crêt arall."

"Ma'n bryd i ti fynd adra i dy wely ac anghofio'r gwin am heno."

Cerdded i'r car, ond teimlo mai hanner nofio — hanner ehedeg oedd hi. Meddwl y byddai anrheg briodas o gan crêt o win yn fwy bendithiol na dim. Trodd at Aled, ac meddai, yn ei diod:

"'Ti'n gweld, Aled, ar ôl un neu ddau wydriad o win, mi fedra' i dy ddiodda di. Ar ôl potal, 'dw i'n dechra' dwad i dy licio di a'th isio di. Tybad ydw i'n disgwl gormod oddi wrth gan crêt?"

MERERID I

'Doedd gan Mererid ddim nain na thaid na brawd na chwaer, dim ond mam a thad a chath a chi. A Helen. Chwaer ieuengaf mam Mererid oedd Helen, ac 'roedd hi wedi bod yn byw gyda Mererid a'i rhieni yn Y Bryn hyd at ddeunaw mis yn ôl. Deunaw mis yn ôl — dyna pryd y digwyddodd y trasiedi mawr. Fe briododd Helen! 'Doedd Mererid yn ddim ond pump oed ar y pryd a 'doedd hi ddim yn deall yn iawn beth oedd yn digwydd. O, fe fwynhaodd y briodas yn iawn, do; 'roedd y briodas ei hun yn neis. Cafodd hi a Gwerfyl fod yn forynion bach, a gwisgo ffrogiau pinc, crand, llaes at eu traed, a chael blodau bach pinc yn eu gwalltiau. 'Roedd pawb yn gwneud sylw ohonyn nhw, ac yn dweud mor neis yr oedden nhw'n edrych, a phan flinodd pobl ar hynny, cafodd y ddwy forwyn fach amser bendigedig yn taflu cawodydd o gonffeti bob lliw ar bennau'i gilydd.

Ar ôl y briodas yr aeth pethau'n annifyr. Aeth Helen i fyw gyda Hywel mewn tŷ yn y pentref. Mae'n wir nad oedd y tŷ yn bell iawn o'r Bryn, ac fe ddeuai Helen draw i'w gweld bron bob dydd, ond 'doedd hynny ddim 'run fath â byw yn yr un tŷ â hi, a gwybod y byddai hi yno bob amser. Ond 'roedd Hywel yn neis iawn hefyd, ac fel yr âi'r amser heibio, ni wyddai Mererid yn iawn p'run oedd hi'n ei licio fwyaf: Helen, Hywel, ei mam, ei thad, ynteu'r gath neu'r ci . . .

Pythefnos yn ôl, digwyddodd trasiedi arall. Cafodd Helen

fabi! 'Roedd Mererid wedi penderfynu ymhell cyn geni'r creadur na hoffai hi mohono ac wedi iddo gael ei eni, gwelodd iddi wneud penderfyniad call iawn. 'Roedd y babi yn ddychrynllyd o hyll! A dyna'r cwbwl y gellid ei ddweud amdano — 'doedd o'n dweud dim byd nac yn gwneud dim byd, — dim ond bod ac edrych yn hyll. Ac eto, 'roedd mam a dad a Helen a Hywel i gyd wedi gwirioni arno fo. Fe dreulient oriau yn edrych arno fo, yn gwenu arno fo, ac yn siarad-babi efo fo; ar yr adegau hynny yr edrychai'r babi ar ei hyllaf i Mererid. Ers ei eni, aeth yn fwy o ffrindiau nag erioed gyda'r gath a'r ci.

Lawer tro, bu Mererid yn ceisio dychmygu sut rai oedd ei neiniau a'i theidiau, a gofynnai yn aml i Helen eu disgrifio iddi:

"Deud sut ddynas oedd nain ochor chdi, Helen."

"Wel, un go wahanol i Modryb Marged a Modryb Catrin," dywedai Helen.

"Cofia di, 'roedd mam lawer fengach na nhw. Ond 'roedd 'na fwy o fywyd ynddi hi rywsut, mwy o fynd. 'Roedd hi'n dipyn o gymeriad — ddim yn sidêt fel Marged a Catrin."

Chwiorydd nain Mererid oedd Modryb Marged a Modryb Catrin — dwy hen ferch yn byw gyda'i gilydd yn y dref. Credai Mererid eu bod nhw'n hen iawn, iawn. Clywodd ei mam a'i thad a Helen yn dweud lawer gwaith eu bod nhw'n 'sidêt' — beth bynnag oedd hynny'n ei olygu. Gair rhyfedd oedd 'sidêt'. 'Wyddai hi mo'i ystyr, ond meddyliai amdano fel rhywbeth oedd yn perthyn i'r ddwy fodryb, yn rhan mor hanfodol ohonyn nhw â'u hetiau. 'Welodd Mererid erioed mohonyn nhw heb eu hetiau, a chan fod y ddwy yn fyr ac yn dew, ac yn gwisgo'r hetiau corun uchel byth a hefyd, gwnaent iddi feddwl am *Y Diddymen*. (Yn wir, *Y Diddymen* y galwai Helen a hi nhw, wrth ei gilydd, yn ddistaw bach.) 'Welodd Mererid erioed bennau'r ddwy fodryb. 'Roedd gan Modryb Marged het â siâp tebyg i arlleg arni, ond 'roedd

siâp het Modryb Catrin yn fwy tebyg i siâp ŵy. Unwaith, gofynnodd Mererid i Helen a oedd pen Modryb Marged yn dod i siâp garlleg ar y top, a phen Modryb Catrin i siâp ŵy.

"Wel, 'rwyt ti'n cael rhyw syniada' digri' o rwla yn'dwyt," meddai Helen gan chwerthin dros bob man.

Ond er i Mererid a Helen wneud hwyl am ben y modrybedd yn breifat, 'roedd y ddwy yn hoff iawn ohonyn nhw. 'Roedden nhw o hyd yn gwthio darn o arian cyfrinachol, cynnes, i gledr eich llaw, ac 'roedd blas mint bob tro ar eu cusanau. Rhyfeddai Mererid at eu hwynebau. 'Roedd gan y ddwy groen meddal, meddal a hwnnw'n cris-croesi'n ddwfn ar eu bochau ac o gwmpas eu cegau, ac 'roedd o'n edrych ac yn teimlo'r un fath yn union â chroen mafon. 'Roedd eu trwynau'n wahanol. Yma, 'roedd y croen fel croen mefus.

Unwaith, daliodd mam un o'r modrybedd yn gwthio dau ddarn deg ceiniog i law Mererid (a honno'n cymryd arni ei bod heb sylwi, yn ôl cais y fodryb.)

"O, be' wyt ti'n 'i ddeud wrth Modryb Marged," meddai Mam.

"Diolch."

"Wel rho sws fawr iddi hi 'ta."

Anelodd Mererid am wefusau diflanedig y fodryb, ond rhywsut neu'i gilydd, fe fethodd, a syrthiodd ei chusan ar y trwyn. Oedd wir, 'roedd o'n edrych *ac* yn teimlo fel mefusen!

Un pnawn, ychydig wedi geni'r babi, daeth Modryb Marged a Modryb Catrin i dŷ Mererid i 'nôl te. 'Roedd hi wedi bod yn edrych ymlaen am eu gweld ers diwrnodau, gan fod arni fwy o angen eu sylw nag erioed y dyddiau hyn. O ddau o'r gloch tan dri, cafodd fwynhau bod yn gannwyll llygaid y ddwy hen wraig, ond am dri o'r gloch union, dyma Helen yn cyrraedd gyda'r babi. Suddodd calon Mererid. O'r hen walch bach yn dod i ddifetha pob dim pan oedd hi'n cael amser mor dda, ac yn teimlo'n hapusach nag a wnaeth hi ers talwm! O'r funud y daeth y creadur dros riniog y tŷ, bu'r ddwy fodryb am y gorau yn siarad-babi, ac am y gorau i gael gafael ynddo fo. Aeth Mererid i eistedd o'r neilltu, a syrthiodd un deigryn poeth ar ôl y llall ar gôt frech y gath ar ei glin.

"Wel, 'tydi o'n hogyn mawr cry', deudwch," meddai un.

"Tebyg i deulu'i fam ydi o," meddai'r llall.

"Ac am enw bach del, Gwion. Anghyffredin iawn."

"Mererid ddewisodd yr enw," meddai Helen.

Trodd y ddwy fodryb i edrych ar yr eneth fach.

"Ia wir? Y chi ddewisodd yr enw, Mererid fach? Wel, 'rydach chi'n un dda am ddewis enw, ydach wir. 'Tydi o'n enw bach tlws?"

"Nac ydi," brathodd Mererid.

"Beth? 'Dydach chi ddim yn 'i licio fo a chitha' wedi'i ddewis o?"

Fel 'roedd hi'n gofyn hyn, aeth llygaid Modryb Marged yn fawr a'i llais hi'n fain, fach.

"Nac ydw," meddai Mererid.

Edrychodd y ddwy fodryb ar ei gilydd mewn syndod mawr.

"Be' liciach chi 'i alw fo 'ta, Mererid fach?" gofynnodd Modryb Catrin o'r diwedd.

"Bastad," bloeddiodd Mererid nerth ei phen, a rhuthrodd allan i'r ardd.

Rhedodd ar draws y lawnt, drwy'r gwellt a heibio'r blodau — rhedodd nerth ei thraed. Ym mhen draw'r ardd, 'roedd coeden brifets werdd, a'i brigau yn uchel ac yn barod i'w torri. Dringodd Mererid i ben y wal, a lluchiodd ei hun i ganol y prifets nes teimlo priciadau bach creulon y brigau drwy ei chorff i gyd. Boddodd ei thrwyn yn arogl gwyrdd y dail, ac ymrôdd i grio.

'Roedd 'bastard' yn un o'r geiriau hynny, fel 'sidêt', na wyddai Mererid mo'u hystyron eto. Ond, fel â llawer o eiriau eraill, fe wyddai pryd i'w ddefnyddio, a sut effaith a gaent ar bobl . . .

Gorweddodd yno'n hir, a theimlodd ei hun yn boeth drosti. Bob hyn a hyn, clensiai fwnsiad o ddail gwyrdd, oer, braf yn ei dwylo, a'u gwasgu'n dynn, dynn, nes iddyn nhw fynd yn gynnes. Yna, symudai i fwnsiad arall, oer, ffres, nes i hwnnw gynhesu.

Wedi amser hir, cododd ar ei heistedd yn y nyth bach a wnaeth iddi'i hun yn y goeden. Sgrechiai'r haul yn ei llygaid ar ôl tywyllwch y dail. Tynnodd un ddeilen ar ôl y llall oddi ar y brigau, a rhiciodd bob un yn ddwfn gyda'i hewin cyn ei thaflu i ffwrdd. Rhoddodd ambell ochenaid ac ambell snwff yn awr ac yn y man — nes teimlo'n well.

Gwenai Helen wrthi'i hun wrth roi llaeth i'r babi. Yn wir, anodd oedd peidio â gwenu wrth feddwl am wynebau Modryb Marged a Modryb Catrin pan waeddodd Mererid y gair yna mor annisgwyl gynnau. Mererid druan! 'Doedd Helen ddim dicach wrthi hi am yr hyn a wnaeth hi, gan y gallai ddeall sut yr oedd hi'n teimlo yn rhy dda. Cofiai amser, rai blynyddoedd yn ôl erbyn hyn, pan aeth trwy brofiad tebyg ei hun. 'Roedd Helen wedi bod yn agos iawn at Meira, mam Mererid, erioed, ac er pan laddwyd eu rhieni yn y ddamwain honno flynyddoedd yn ôl, 'roedden nhw wedi mynd yn nes byth. Cofiodd Helen mor ofnadwy y teimlai pan briododd Meira, ac mor gyndyn oedd hi o'i rhannu gydag Elwyn, ei gŵr. A dwy flynedd yn ddiweddarach, cafodd gryn drafferth i'w rhannu gyda babi newydd yn ogystal. Ond bellach, 'roedd hi'n caru'r babi hwnnw, Mererid, cymaint â'i phlentyn ei hun, ac 'roedd Mererid yn ei haddoli hithau.

Rhoddodd Helen gusan i Gwion cyn ei roi yn y cot. Gyda lwc, meddyliodd, byddai Mererid yn ei gusanu yntau cyn bo hir.

MERERID II

Yn un o'i llyfrau straeon tylwyth teg, yr oedd gan Mererid lun o fwthyn yr hen wrach honno yn stori Hansel a Gretel — y bwthyn bach hynod hwnnw a adeiladwyd o fferins o'i sylfeini i'w gorn. Un prynhawn, bu yn craffu arno am hir.

"Hei, Helen, sbïa," meddai hi wrth ei modryb o'r diwedd, "mae tŷ'r hen wrach yr un fath yn union â thŷ Betsan Llechan Haul. Wyt ti'n meddwl fod Betsan yn hen wrach hefyd?"

"Na, 'choelia' i fawr 'i bod hi'n hen wrach," meddai Helen gan wenu, "ond wir, mae hi'n ddigon tebyg i un. Cymeriad go od ydi Betsan."

Hen ferch oedd Betsan Llechan Haul, ac er ei bod yn tynnu am ei phedwar ugain, 'roedd ei gwallt hi bron yn berffaith ddu o hyd, ac yn hongian yn hir dros ei hysgwyddau. Yr oedd ei hwyneb fel afal yr hydref: y croen wedi crino a chrebachu a'r bochau'n dal yn gochion. Am ei thraed, gwisgai sanau bach at ei ffêr bob amser, a chlocsiau. A thros ei dillad duon, gwisgai ffedog â phrint o gant a mil o flodau bach mân arni.

Yr oedd Betsan yn byw ar ei phen ei hun ers blynyddoedd maith, — os nad ydym am gyfri'r anifeiliaid a drigai yn Llechan Haul gyda hi. 'Roedd ganddi ferlen fach a dwy afr, dwsin o ieir a cheiliog bandi, dwy gath a chwningen, — ac yn ôl pob tebyg, teulu o lygod yn y tŷ! Cadwai Betsan ardd lysiau yn y cefn, a 'doedd neb gwell na hi, medden nhw, am wneud moddion llysiau nac am nyddu. Yn aml iawn, pan fyddai rhywun yn cwyno yn y pentref, galwent i weld Betsan Llechan Haul. Ond ar wahân i hyn, ychydig iawn a gymysgai hi gyda neb. Cadwai iddi'i hun bob amser, a llechai y tu ôl i'r coed a warchodai Llechan Haul.

Tua hanner y ffordd i lawr yr allt a arweiniai i'r pentref yr oedd y bwthyn, a chan fod tŷ Helen a Hywel ar waelod yr allt a'r Bryn ar ben yr allt, âi Mererid a'i mam heibio Llechan Haul yn aml ers i Helen briodi. Ac er i Helen ddweud na chredai hi ddim fod Betsan yn hen wrach, hoffai Mererid feddwl ei bod hi. Bob tro yr âi heibio'r bwthyn, felly, gafaelai'n sownd, sownd, yn llaw pwy bynnag oedd gyda hi ar y pryd, a theimlai ofn a oedd yn boenus ac yn bleserus ar unwaith.

Pnawn poeth o Awst oedd hi pan ddigwyddodd y peth. Yr oedd Gwion yn cael ei warchod gan fam Mererid gan fod Helen eisiau mynd i'r dref.

"Wel, mi fydd Helen yn ei hôl erbyn hyn," meddai mam pan drawodd yr hen gloc mawr bedwar o'r gloch. "Mae'n well i ni fynd â Gwion draw, ond mae gin i gymaint o bethau i'w gneud cyn i dy dad ddŵad adra o'i waith."

"O, 'ga' i fynd â fo fy hun, mam," gofynnodd Mererid. "Plîs." Yr oedd wedi cael ei ddanfon adref ei hun bach ddwywaith o'r blaen yn ystod yr haf, gan nad oedd tŷ Helen yn bell iawn.

"Wel, cei; dyna fasa ora', am wn i," meddai'i mam, er bod ychydig o betruster yn ei llais. "Ond cofia di rŵan, dos yno ar d'union, heb oedi dim ar y ffordd, a bydd yn ofalus efo'r pram wrth fynd i lawr yr allt."

Y troeon eraill y bu'n danfon Gwion adref, dyfeisiodd Mererid gêm — un glyfar iawn, yn ei thyb hi, — i'w chwarae wrth fynd i lawr yr allt. Y gêm oedd gollwng y pram o'i dwylo am eiliad a'i gweld yn rowlio i lawr o'i blaen, ar ei phen ei hun, yna neidio ar ei hôl a'i dal yr un funud. Dechreuodd chwarae'r gêm y pnawn hwn, ond erbyn hyn, 'roedd y peth wedi colli'i newydd-deb ac wedi mynd braidd yn ddof. Felly, yn lle neidio am y pram ar unwaith, penderfynodd Mererid gyfri i dri cyn gwneud unrhyw symudiad i'w dal. Gollyngodd y pram a safodd yn stond gan gyfri UN, DAU, TRI.

UN — O, mor braf oedd gweld y pram a Gwion ynddi yn mynd oddi wrthi i lawr yr allt.

DAU — O, mor braf fuasai gweld y creadur annifyr yn diflannu yn ei bram i lawr yr allt, allan o fywydau pawb.

TRI — braf neu beidio, 'doedd fiw iddi adael i'r peth ddigwydd go iawn; gwaetha'r modd, rhaid oedd ei achub.

Rhoddodd naid ymlaen i geisio'i ddal, ond methodd. Dechreuodd redeg ond gallai olwynion y pram symud yn llawer cynt na'i choesau bach byrion hi. Rhedodd nerth ei thraed, a sgrechian dros bob man, ond âi'r pellter rhyngddi hi a'r pram yn fwy.

Yr oedd Betsan Llechan Haul allan yn yr ardd yn rhoi dŵr i'r blodau pan glywodd sgrechian ofnadwy. Rhuthrodd i'r llidiart, a gwelodd y pram yn byrlymu i lawr yr allt i'w chyfarfod a Mererid yn ei dilyn mewn sterics. Rhedodd i'r ffordd a daliodd y pram a Gwion fel 'roedden nhw'n mynd heibio ei bwthyn.

"Wel, mi fentra' i na wyddost ti ddim be' wyt ti'n 'i fwyta," meddai'r hen Fetsan wrth gnoi darn o grystyn.

"Bara ceirch," atebodd Mererid. Byddai ei thad yn bwyta bara ceirch a byddai hithau'n bwyta darn ambell dro.

"Ia, bara ceirch, wedi i mi 'i neud," meddai Betsan, a sylwodd Mererid fod dannedd yr hen wraig yn symud wrth iddi siarad.

"Ond am y jam oeddwn i'n meddwl fwyaf. 'Wyddost ti pa jam wyt ti'n 'i fwyta?"

"Na wn i."

"Wel, jam ydi hwnna wedi i mi'i neud o betalau'r rhosod yn yr ardd."

"Petalau rhosod," meddai Mererid a'i llygaid yn gloywi wrth feddwl am y peth. Ond, a dweud y gwir, 'roedd yn well ganddi'r syniad o jam petalau rhosyn na'i flas.

Jam petalau rhosyn! Yr oedd Betsan a'i bwthyn yn llawn o ryfeddodau. Ac yn wir, 'roedd y ffaith ei bod hi yma o gwbwl, ym mwthyn Betsan yn cael te, yn rhyfeddod ynddo'i hun.

Wedi i Betsan achub Gwion yn ei bram, aeth â Mererid ac yntau i'w bwthyn gan fod y ddau yn crio a Mererid wedi sgrechian cymaint nes gwneud ei hun yn sâl. Rhoddodd Betsan rhyw drwyth rhyfedd iddi i'w yfed, a daeth ati'i hun yn fuan. Yna, dechreuodd yr hen wraig ei holi, a chan ei bod mor dyner a charedig, cafodd Mererid ei hun yn adrodd yr holl hanes am ollwng y pram iddi. Chwarddodd yr hen Fetsan yn isel.

"Wel, hitia befo, 'rhen fêt," meddai hi, "mae o drosodd rŵan, a 'dw i'n siŵr na wnei di byth eto. Mi fydd honna yn ddigon o wers i ti. 'Soniwn ni ddim gair wrth neb."

"O, diolch. Mi fasa hi'n ddrwg iawn arna' i pe deuai mam a Helen i wbod."

"Wel, paid â phoeni. 'Does 'na neb gwell na'r hen Fetsan am gadw cyfrinach. Mae hi'n amsar go anodd arnat ti, yn 'tydi, 'rhen fêt. Mi fedra' i ddallt fel 'rwyt ti'n colli bod yn fabi'r teulu ar ôl cael y mwytha' i gyd dy hun cyhyd."

Petrusodd am eiliad, yna ychwanegodd: "'Wyt ti ar frys mawr? 'Arhosi di yma i gael te efo mi?"

Cofiai Mererid yn burion ei bod i fynd â Gwion adref ar ei hunion, ond go brin y byddai neb yn meddwl ble'r oedd hi os arhosai am hanner awr fach. Cofiai, hefyd, iddi benderfynu fod Betsan yn hen wrach, ond gwyddai bellach nad oedd hynny'n wir. Felly, penderfynodd aros.

Ar y bwrdd te, yr oedd platiad o fara soda, wedi i Betsan

eu gwneud ei hun, platiad o fara ceirch, teisen ffrwythau a dwy bowlen fach o jeli. I'w yfed 'roedd ganddynt laeth gafr, ac yng nghanol y bwrdd, yr oedd potel lefrith wedi i Betsan ei pheintio yn biws a'i llond hi o flodau gwylltion. Parablai Betsan yn ddi-baid, a holai Mererid hi am bob dim. Yr oedd Gwion wedi tawelu ac wedi mynd i gysgu.

"'Wn i ddim sut beth ydi'r jeli yma 'chwaith, mêt bach. 'Dydi o ddim wedi cael digon o amsar i setio, mae gin i ofn, ond mi'i triwn ni o, gwnawn, 'neno'r Tad."

"Jeli be' 'di o?"

"Jeli lemon."

"O," siomedig.

"Wel, wir, mae o fel dŵr. Ond mae'n bechod 'i wastraffu fo. Aros di, mi wn i be' wnawn ni. 'Does neb fel Betsan am gael syniada'. Mi dorrwn ni ddarn o'r deisan ffrwytha' 'ma'n fân, a'i rhoi hi yn y jeli . . . Dyna ni. Mi dria' i damaid bach yn gynta'."

"'Ydi o'n dda?"

"Wel, wir, mi fedra' fod yn waeth. Tria fo."

Malodd Mererid ddarn o'r deisen ffrwythau i'w jeli lemon. Pe byddai ei mam wedi rhoi'r fath beth o'i blaen ar y bwrdd gartref, fe fyddai wedi codi pwys arni, ac fe fyddai hithau wedi gwrthod ei fwyta. Ond yma, yn·nhŷ Betsan, bwytaodd y jeli-teisen bob tamaid.

Ar ôl te, dangosodd Betsan un rhyfeddod ar ôl y llall i Mererid. I ddechrau, aeth â hi i weld y ferlen a'r geifr, y ceiliog bach bandi doniol, y gwningen a'r cathod. Yr oedd yno un gath ddu ac un gath felyngoch.

"'Be 'di 'u henwa' nhw?"

"Triog a Suryp."

Wedi iddynt roi mwythau i'r cathod, nes oedd y ddwy yn canu grwndi am y gorau, aeth Betsan ymlaen i ddangos yr ardd lysiau a'r moddion a wnaeth ohonynt.

"Be' 'di'r peth melyn-wyrdd yna yn y botal fawr acw, Betsan?"

"Y wermod lwyd ydi hwnna. 'Does dim gwell na fo am godi stumog."

Yna, dyna fynd i weld y dröell.

"'Ga' i drio nyddu efo hi?"

"Wel, liciat ti ddysgu? Mi ddysgith yr hen Fetsan chdi, gneith, 'neno'r Tad. Ond mae hi braidd yn hwyr i ddechra' gwers y pnawn 'ma. Mae'n well i ti fynd cyn bo hir neu mi fyddan nhw'n dechra' poeni amdanat ti. Dŵad draw rhyw bnawn arall sydd ora' i ti. Pryd fedri di ddŵad, mêt bach?"

"Mi ddo' i pnawn dydd Gwenar os ca' i gin Mam."

"Iawn. Mi fydd yr hen Fetsan yn aros amdanat ti, ac mi fydd yma de i ti hefyd. Ty'd draw am hannar awr wedi tri."

"Ol reit."

"Rŵan 'ta, edrych di arna' i yn nyddu, i ti gael syniad be' i'w neud ddydd Gwenar."

Gwyliodd Mererid, yn llygaid i gyd. Dyma beth oedd nefoedd: siarad gyda Betsan wrth ei gwylio yn nyddu, — a Gwion wedi cael ei anghofio yn y gornel. Ie, dyma beth oedd nefoedd: cael bod gyda rhywun oeddech chi'n ei hoffi'n ofnadwy, a theimlo fod y person hwnnw yn eich hoffi chi cymaint yn ôl fel nad oedd neb arall yn bod iddo.

Daeth cnoc sydyn ar y drws.

"Yn eno'r Tad, pwy sydd yna?" meddai Betsan, gan godi i'w ateb. Prin oedd hi wedi agor y drws na chlywodd Mererid lais ei mam yn dweud:

"Betsan Jones, mae'n ddrwg iawn gin i i'ch trwblo chi, ond mae Mererid acw a Gwion ar goll. 'Ydach chi wedi'u gweld nhw'n mynd heibio? Mi 'rydan ni i gyd bron â drysu acw."

Teimlodd Mererid ei bol a'i chalon yn cael eu corddi. O, fe fyddai'n ddrwg arni hi'n awr.

"Mae Mererid a Gwion yma." meddai Betsan, "yn hollol ddiogel."

"Yma!" Rhuthrodd mam heibio Betsan ac i mewn i'r ystafell.

"Mererid!" meddai hi. "Be' ar wynab y ddaear wyt ti'n da yma? Mae Helen a Hywel a'th dad a finna' wedi bod yn chwilio amdanoch chi ers dros awr — bron â mynd o'n coua'. 'Ydi Gwion yn iawn? Mi gei di chwip din iawn gin Dad am hyn, yr hen gnawas bach."

"Peidiwch â beio'r hogan fach, Mrs Edwards," meddai Betsan, "arna' i y mae'r bai i gyd."

Yr oedd Mererid hanner-ffordd allan trwy'r drws erbyn hyn. 'Doedd arni hi ddim eisiau clywed beth bynnag oedd gan Betsan a'i mam i'w ddweud wrth ei gilydd; 'roedd yr holl fusnes yn rhy boenus. Ond ni allai beidio â chlywed Betsan yn dweud ambell i beth fel:

" . . . 'Roedd gin i dipyn o nyddu i'w neud, ac 'roeddwn i'n cael trafferth i'w neud o efo'r hen gry'-cymala' 'ma, ac mi ofynnis i i Mererid roi help llaw i mi."

Ac fe glywodd hi mam yn dweud ambell i beth cas iawn yn ôl. Ceisiodd gau ei chlustiau a chau ei llygaid, cau'r byd allan am ei fod wedi mynd yn rhy fawr ac anhrefnus iddi hi allu delio efo fo.

Daeth ei mam allan fel corwynt, gyda'r pram o'i blaen. "Ty'd, Mererid," meddai hi, "ac os bydd hyn yn digwydd eto, Betsan Jones, mi fydd yn rhaid i ni neud rhwbath ynglŷn â'r peth."

Pnawn Gwener, tua dau o'r gloch, aeth Mererid a'i mam i lawr yr allt i dŷ Helen. Am y tro cyntaf, aeth Mererid heibio Llechan Haul heb afael yn dynn yn llaw ei mam, ac am y tro cyntaf hefyd, edrychodd ar y bwthyn yn fanwl, feiddgar wrth fynd heibio. Ac yno, yn llechu rhwng y coed, 'roedd Betsan! Ac er bod ganddi ofn i'w mam ei dal, mentrodd Mererid edrych a gwenu ar yr hen wraig wrth fynd heibio.

Un olwg fach i ddweud: 'mae'n ddrwg gin i Betsan, yr hen Fetsan annwyl. Mae'n ddrwg gin i nad oeddwn i'n ddigon dewr i ddeud wrth mam be' ddigwyddodd yn iawn. Mi wnes i drio dair gwaith ar ôl mynd adra, ond 'roedd gin i gymaint o ofn fel na ddudis i ddim byd.'

Un wên fach i ddweud: 'diolch, Betsan, am gymryd y bai.' Yn lle rhoi chwip din gynnes iddi hi, a'i thafodi, 'wnaeth mam ddim ond ei chwilio hi a Gwion am chwain (oherwydd bod gan Betsan enw am beidio â bod yn rhy lân), a'i siarsio hi i beidio â siarad â Betsan eto.

Un olwg fach ac un wên fach i ddweud: 'Betsan, 'fydda' i ddim yn dwad draw am hannar awr wedi tri.'

MERERID III

Yr oedd hen biano fawr, hen ffasiwn, ar ôl Nain, yn y parlwr yn nhŷ Mererid, hen biano addurniedig, hardd yn ei dydd, — ond 'doedd neb yn gallu ei chanu. Safai'n fud yn ei henaint, yn hepian ac yn hel llwch.

Yr haf hwnnw y ganed Gwion, penderfynodd mam y byddai'n eithaf syniad i roi gwersi canu piano i Mererid, er mwyn tynnu ei meddwl oddi ar ddyfodiad y babi, a chael rhywfaint o ddefnydd o'r hen ddodrefnyn llychlyd. Felly, aeth i lawr i'r pentref i weld Miss James, gwraig gerddorol iawn a chanddi fysedd main, hir a allai hudo sŵn rhyfeddol o'r biano a'r delyn, a chytunwyd fod Miss James i ddechrau rhoi gwersi canu piano i Mererid y dydd Mawrth canlynol.

Neli Neis yr oedd pawb yn galw Miss James yn y pentref. 'Neli' — gan mai Elin oedd ei henw cyntaf, a 'neis' gan ei bod mor sidêt a gwastad. 'Roedd hi'n cerdded yn neis, yn eistedd yn neis ac yn siarad yn neis. 'Roedd ei dillad bob amser yn berffaith a 'doedd byth flewyn o'i le yn ei gwallt.

'Doedd Mererid ddim yn adnabod Neli yn dda iawn cyn dechrau'r gwersi, ond 'roedd wedi ei gweld hi'n canu'r piano a'r delyn mewn cyngherddau lleol, ac yn beirniadu mewn eisteddfodau lleol, a chredai ei bod yn wraig bwysig iawn. Edrychai ymlaen yn arw at ei gwers gyntaf gyda hi. Âi at yr hen biano a tharo'i bysedd drosodd a throsodd er mwyn eu clywed yn canu; eto, yn ei breuddwydion, tueddai i ddychmygu ei hun yn canu'r delyn yn hytrach na hen biano fawr Nain.

Pnawn Mawrth, am bum munud i dri, canodd cloch y drws.

"Mam," meddai Mererid gan sibrwd yn uchel, "mae hi wedi cyrraedd."

Aeth mam i agor y drws, a Mererid yn dynn wrth ei sawdl. Ond O, dyna hen siom; Helen oedd yna — gyda Gwion.

"'Ron i'n meddwl mai Neli Neis oedd yna," meddai Mererid, braidd yn bigog.

"Mererid!" meddai'i mam, "cymer di ofal na wnei di ddim galw Miss James yn beth ddudist ti rŵan pan ddaw hi yma."

"Dyna mae pawb yn 'i galw hi," atebodd Mererid.

"'Waeth i ti am hynny," meddai'i mam, "'dwyt ti ddim i'w galw hi'n hynna, a dyna fo!"

"Pam maen nhw'n 'i galw hi'n Neli Neis, mam?"

Gallai Mererid weld fod Helen eisiau chwerthin, a daliodd mam yn gwneud llygaid arni.

"Wel . . . am 'i *bod* hi'n neis, siŵr iawn," meddai mam. Ar hynny, canodd cloch y drws eto, a Neli Neis a neb arall oedd yna y tro hwn. Gwisgai ffrog haf flodeuog, ac esgidiau a bag a oedd yn union yr un pinc â'r blodau ar ei ffrog.

"O, dowch i mewn, Miss James, ac esgusodwch y llanast," meddai mam. "'Tydi hi'n bnawn braf?"

"Ydi wir, mae hi'n ardderchog. Yn AR-dderchog."

"Dyma hi Mererid yn y fan hyn. Mae yna ddisgwl mawr wedi bod yma amdanoch chi."

"Sut ydych chi, Mererid," meddai Neli, gan ysgwyd llaw â hi. "Mae'n dda gen i'ch cyfarfod chi."

"Diolch," meddai Mererid, heb wybod yn iawn beth i'w ddweud wrth y fath dduwies. Ond cyn i'r sgwrs fynd ddim pellach, syrthiodd llygaid Neli ar Gwion.

"Oh!" meddai hi, "oh, oh, isn't he *beautiful*? Wel, am *beautiful boy* ydi o, ynte? 'Wyt ti am ddod at *Auntie, gorgeous?*"

Chwarter awr yn ddiweddarach 'roedd hi'n dal i frefu am

rinweddau'r babi, wrth ei siglo yn ei breichiau. Erbyn hyn, yr oedd Mererid mewn tymer wynias. Dyna lle'r oedd hi wedi bod yn edrych ymlaen ers diwrnodau am gael ei gwers biano gyntaf, ond prin fod Neli wedi edrych arni hi ers iddi ddod i mewn i'r tŷ. Fel arfer, Gwion oedd yn cael y sylw i gyd:

'"Wela' i ddim byd yn neis ynddi hi o gwbwl," meddyliodd wrthi'i hun.

O'r diwedd, aeth Neli a Mererid trwodd i'r parlwr.

"Wel, mi ddechreuwn ni ynta'," meddai Neli. "Fel 'rydych chi'n gweld, mae gan biano lawer o fysedd. Mae yna rai bysedd bach gwynion a rhai bysedd bach duon, ac mae gan bob bys enw. Mi gymerwn ni hwn yn y canol yn gynta': 'C' yw enw hwn; wedyn, dyma i ni D ac E, F, G, A, B.C.D.E.F.G.A.B. 'Ydych chi'n meddwl y gallwch chi eu cofio nhw? Nawr, beth ddywedson ni oedd hwn — y cyntaf yma?"

'Atebodd Mererid ddim. Crogai ei phen i lawr.

" 'C', yntê. A beth am y nesaf yma?"

Dim gair.

'"Ydych chi'n deall, Mererid? . . . 'Oes arnoch chi eisiau gofyn cwestiwn?"

"Oes," meddai Mererid gan godi ei phen, ac edrych i fyw llygaid ei hathrawes. "Pam maen nhw'n 'ch galw chi yn Neli Neis?"

Aeth misoedd yr haf a'r hydref heibio. Deuai Neli Neis draw i'r Bryn bob pnawn Mawrth i roi gwers canu piano i Mererid, ond bellach 'roedd y gwersi wedi mynd yn fwrn ar y ddwy ohonynt. Byth oddi ar y diwrnod cyntaf hwnnw, pan ofynnodd Mererid pam y'i gelwid hi'n Neli Neis, yr oedd Neli wedi cymryd yn erbyn yr eneth fach yn enbyd. Synhwyrodd Mererid hyn ac aeth hithau i hoffi Neli yn llai ac yn llai. Teimlodd Neli hyn yn ei thro, ac aeth y ddwy i gasáu ei gilydd mewn cylch diddiwedd. Gofynnodd Mererid i'w mam derfynu'r gwersi, ond 'roedd ei rhieni'n awyddus iawn iddi ddysgu canu'r biano erbyn hyn, ac 'roedd neb yn ei choelio pan ddywedai fod gan Neli Neis hen bensal gas i drawio ei bysedd pan ganai nodyn anghywir.

Ond rhwng Mererid a Gwion, 'roedd rhywbeth gwahanol yn digwydd. Un diwrnod, yr oedd Mererid yn edrych arno, pan wenodd arni yn sydyn ac yn hollol annisgwyl. Edrychodd arno eto, a chafodd wên fach arall. Ac yn wir, yn ddistaw bach, er na hoffai hi ddim cyfaddef i neb, fe deimlai yn hynod o falch. 'Mae o'n fy licio i,' meddyliodd, a theimlodd yn gynnes y tu mewn. Gwnaeth yn siŵr nad oedd neb yn edrych arni, ac yna, gwenodd arno yn ôl.

Aeth y gwenu cyfrinachol hwn ymlaen am rai wythnosau, ac yna, dechreuodd Mererid ddweud ambell i air wrtho yn awr ac yn y man, pan nad oedd neb yn gwrando. Yr oedd Gwion erbyn hyn yn gallu gwneud swn fel: 'ma' a 'my', a chredai Helen ei fod yn ymdrechu i ddweud 'mam'. Gwyddai Mererid, ar y llaw arall, mai ceisio dweud 'Mererid' yr oedd o. Erbyn Nadolig, yr oeddynt ar fin bod yn ffrindiau.

Anaml iawn y galwai Helen a Gwion yn y Bryn ar bnawn Mawrth pan oedd Neli Neis yno, ond un dydd Mawrth cyn y Nadolig, pan ddaeth Mererid a Neli trwodd o'r parlwr ar ôl gwers, dyna lle'r oedd Helen a Hywel a Gwion yn eistedd o flaen y tân.

"'Gymerwch chi banad o de, Miss James?'' gofynnodd mam, fel arfer.

''Wel, wir, 'ddylwn i ddim, oherwydd 'rwy'n beirniadu yn Eisteddfod y Rhos, ac mae hi'n dechrau ymhen hanner awr, ond 'faswn i ddim yn gwrthod cwpanad fach sydyn, yn enwedig am fod y *beautiful boy* yma,'' meddai hi.

Cymerodd Gwion ar ei glin, a dechreuodd ganu hwiangerddi iddo. Yr oedd yntau yn llyfu mwytha', nes gwneud i Mererid deimlo braidd yn flin tuag ato unwaith eto. Ond wrth iddi edrych arno, trodd i edrych arni hi, a gwenodd. Meddalodd hithau ychydig.

Yr *oedd* Neli Neis yn edrych yn neis heddiw, chwarae teg iddi hi. Yr oedd wedi gwisgo yn ei dillad Eisteddfod gorau, sef siwt wen, olau, a blows mewn patrwm gwyrddlas a brown. Yna 'roedd ganddi esgidiau a bag yn yr union liw gwyrddlas a oedd yn ei blows. Yr oedd ei gwallt mewn modrwyau perffaith.

Mererid oedd y cyntaf i sylwi fod rhywbeth o'i le. Sylwodd fod wyneb Neli wedi troi'n binc, a'i bod yn dal gwion mewn ffordd ryfedd.

"Y, y, Mrs Edwards," meddai hi o'r diwedd, "mae . . . wel . . . y . . . 'wn i ddim sut i ddweud . . . y . . . "

"Beth sydd, Miss James?" gofynnodd mam.

"Wel . . . y . . . mae gen i ofn," — chwarddodd yn chwithig — "wel, . . . ein bod ni wedi cael . . . damwain fach."

Ar hynny, cododd Gwion i fyny, a gwelodd Mererid ei sgert.

"O, mam, hwre," gwaeddodd hi dros bob man, "mae Gwion wedi pi-pi am 'i phen hi."

Yr oedd hwnnw'n bnawn ofnadwy i Neli Neis druan! Dyna lle'r oedd hi, yn ei siwt orau, lliw hufen, ar gychwyn i lwyfan yr Eisteddfod i feirniadu, pan wlychodd Gwion ei **sgert, a hithau heb amser i fynd adref i newid. Ac fel pe na** bai hynny yn ddigon, 'roedd yn rhaid i'r ferch fach ddychrynllyd yna gyhoeddi'r peth i bawb, a hynny pan oedd dyn yn bresennol.

Gadawodd y tŷ ar unwaith, ond fel 'roedd hi'n mynd, rhoddodd wybod i fam Mererid ei bod wedi dioddef hen ddigon gan ei merch, ac na fyddai'n rhoi yr un wers biano iddi eto.

Yr oedd mam wedi cynhyrfu cymaint nes ei bod hi bron â chrio, ac 'roedd hi'n barod i roi tafod iawn i Mererid. Ond cyn iddi gael cyfle, pwniodd Helen hi.

Dyna lle'r oedd Mererid yn eistedd o flaen y tân a Gwion ar ei glin.

"**Mi gei di fod yn fy ffrind gora' i am byth rŵan, Gwion**

bach," meddai hi wrtho, a phlygodd drosodd i roi ei chusan cyntaf ar ei foch.

Twm Tatws

'Fedra'i ddim cael Twm Tatws oddi ar fy meddwl . . . Mae o wedi marw ers naw mlynedd bellach — naw mlynedd union i heddiw. Ond mae o'n fyw hefyd, a byw fydd o, tra byddaf i. Hen dŷ braf o'r enw Clawdd Mieri oedd ei gartref, a chartref ei rieni o'i flaen. O ffenestri llofft Clawdd Mieri, gellid gweld pentref Y Foelwen yn cyfarfod â phentref Aberwen yng nghanol y caeau, lle bu'r ffermwyr yn gwnïo cwrlid clytwaith anferth i orchuddio'r bryniau a'r dyffrynnoedd. O'r ffenestri; mae'r afon Wen fel rhwyg yn y cwrlid hwnnw. Ac mae'r môr, fel merch anwadal, bob munud yn newid ei wisg. Do, fe welodd Twm ryfeddodau o ffenestri Clawdd Mieri, ond i mi, fel plentyn, y fo ei hun oedd y rhyfeddod mwyaf mewn bod.

Un od oedd Twm. Fe sylweddolais hynny'n reddfol cyn fy mod fawr o oed. Ambell dro, byddwn yn dotio ato am ei fod mor rhyfedd; dro arall, byddwn yn tosturio drosto. 'Roeddwn yn meddwl y byd ohono yn fy ffordd fy hun, ac eto, 'roeddwn yn ddigon parod i wneud hwyl am ei ben a'i sbeitio a'i bryfocio gyda'r plant eraill, a hynny er bod gennyf ei ofn. Ond pa deimlad bynnag a deyrnasai ynof tuag ato ar unrhyw funud, 'roedd Twm bob amser yn ddiddorol i mi. Nid cydymffurfiwr di-liw yn y cefndir mohono; 'roedd o'n wahanol ac yn mynnu sylw. Ceisiwn innau ddychmygu sut rai fu ei deulu, a sut le oedd Clawdd Mieri o'r tu fewn. Yn wir, bûm yn ysu am flynyddoedd am gael mynd yno i fusnesu, a gweld Twm yng nghyd-destun ei gartref. O'r diwedd, fe ddaeth diwrnod pan gefais fynd . . .

Deuai Twm i siop fy nhad ar bnawniau Llun, Mawrth, Iau, Gwener a Sadwrn yn rheolaidd, i 'nôl bara ac *Extra Strong Mints*, a elwid ganddo ef yn 'dda-da gwyn gwynion'. Byddai Caitlin, a weithiai yn y siop ar y pryd, a minnau, yn edrych ymlaen yn arw at yr ymweliadau hyn, er mwyn cael cyfle i gael sgwrs gydag ef a dod i wybod mwy amdano. Ond un dydd Sadwrn, er siom fawr i'r ddwy ohonom, ni ddaeth Twm i'r siop i 'nôl ei dorth a'i fferins yn ôl ei arfer.

"Mam, 'dydi Twm Tatws ddim wedi bod yn y siop heddiw i 'nôl 'i dorth a'i *Extra Strongs.* 'Sa'n well i Caitlin a fi fynd yna ar ôl te, i Clawdd Mieri, rhag ofn 'i fod o'n sâl ne' rwbath?"

"Bobol annwl, na 'dewch chi ddim. Be' 'sa'r dyn yn 'i feddwl ohonach chi 'dwch? 'Rwyt ti'n gwbod yn iawn nad ydi o'n licio i bobol alw yna i'w weld o. Hen ddyn digri ydi o, yn licio'i gadw fo'i hun iddo fo'i hun. A 'wyddost ti ddim be' wnâi o i Caitlin a chditha' os aech chi yno. Cymar di ofal nad ei di yno i fusnesu."

"Ond 'dydi o 'rioed wedi peidio â dwâd yma o'r blaen ar bnawn Sadwrn. Mi fydd o angan y dorth 'na i fwrw'r Sul. Mae'n siŵr bod rhwbath mawr wedi digwydd iddo fo beidio dwâd."

"Wel, aros tan ddydd Llun, ta. Ac os na fydd o wedi bod erbyn hynny, mi geith dy dad ddwâd yna efo chdi i edrach ydi o'n iawn."

Dydd Llun! Edrychai'r diwrnod hwnnw mor bell i ffwrdd, ac fe deimlwn yn anfodlon i'r eithaf. Nid fy mod yn poeni am iechyd Twm. I mi, 'doedd salwch na marwolaeth ddim yn effeithio ar bobl arbennig fel ef. Ofn oedd arnaf fi y byddai Twm wedi galw yn y siop cyn hynny, ac yna, ni fyddai gan Caitlin a minnau esgus i fynd i edrych amdano. Ac 'roeddwn i gymaint o eisiau gweld heibio i furiau trwchus Clawdd Mieri, i'r 'stafelloedd y tu fewn. Gweld sut gegin oedd gan Twm, sut ystafell wely, sut ystafell fyw. Yn ddeuddeg oed, 'roeddwn yn dal yn ddigon o blentyn i gredu y byddai ei dŷ ef yn hollol wahanol i dai pawb arall, fel yr oedd tŷ'r cawr neu'r dewin yn wahanol i dai'r cymdogion mewn straeon tylwyth teg.

Eto, nid cawr na dewin mo Twm, ond ffermwr cyffredin. Fferm fach iawn oedd ganddo, yn cynnwys ychydig o wartheg ac ieir, — a chlagwyddau i warchod ei fwyar duon a'i goed eirin a'i ardd lysiau rhag plant drwg fel fi. Siaradai Twm yn gyson gyda'r rhain, yn anifeiliaid, yn llysiau, ac yn ffrwythau, gan eu rhegi hefyd, o dro i'w gilydd, pan fyddai raid.

''Mam, ma' hi'n ddydd Llun, a 'dydi o byth wedi bod. 'Wyddoch chi ddim be' sy wedi digwydd i'r cradur a fynta'n yr hen dŷ 'na ar 'i ben 'i hun bach drw'r dydd. Ac mi ddeudoch chi ddydd Sadwrn y basa Dad yn dŵad 'na efo Caitlin a fi heddiw os na fasa fo 'di bod.''

''Do, ond aros tan 'fory ydi'r gora' i chi. Ella y basa fo'n mynd yn gas ac yn troi arnach chi.''

'Doeddwn i ddim yn licio ei chlywed hi'n dweud hynna. Teimlwn yn sicr na fyddai Twm yn gas wrth Caitlin na minnau — ('Wn i ddim beth am Dad.) 'Roedd o'n ffrindiau mawr efo ni. Cofiais fel y byddai'n dweud wrth Mam, amdanaf fi, pan oeddwn yn llai:

''Hon 'di fy hogan i. 'Geith hi ddŵad i fyw i Glawdd Mieri ata'i gynnoch chi?''

''Wel, ceith, am wn i, Tomos Robaits, ond mae'n rhaid i chi dalu llawar amdani hi.''

'Roedd o'n berwi mewn arian, yn ôl pobl y pentref, ond 'doedd dim o ôl eu gwario arno. Hyd heddiw, nid wyf yn gwybod yn iawn p'run ai cybyddlyd ynteu tlawd oedd o. Dewch i ni ddweud, rhag gwneud cam â fo, ei fod yn greadur diwastraff. Er enghraifft, defnyddiai ganhwyllau i arbed y trydan. Carpiau oedd ei ddillad, a chan mai hwy oedd yr unig ddillad a feddai, 'roedd yn bwysig iawn eu

79

cadw'n sych. I'r pwrpas hwn, taenai Twm hen sach fras dros ei ben bob tro y deuai allan yn y glaw, a chysgodai oddi tani, yn sych grimp. 'Doedd o ddim yn licio dŵr, ac 'fyddai o ddim yn ymolchi. Yn wir, 'roedd o mor fudur nes ei fod o'n drewi o bell.

"Ma' hi'n ddydd Mawrth, mam, a 'dydi Twm Tatws byth wedi bod yn y siop. Mae'n rhaid fod rwbath o'i le. 'Di o 'rioed wedi peidio â dŵad o'r blaen. Mae Caitlin a fi am fynd yna ar ôl te, os cawn ni gynnoch chi ne' beidio."

"Ol reit, 'ta. Mi geith dy dad ddŵad efo chi. 'Sgwn i be' sy'n bod?"

Felly, dyna ni o'r diwedd, Caitlin a minnau, wedi cael ein cyfle mawr i fynd i Glawdd Mieri, wedi'r holl ddyfalu a dychmygu sut le oedd yno. Yn aml iawn, fel geneth fach, ymgollwn mewn ffantasïau, a gwelwn Twm a'r holl gymeriadau od eraill a drigai yn Y Foelwen ar y pryd yn cyfarfod yng Nghlawdd Mieri i fwrw swynion ar y rhelyw o bobl y pentref. Twm, yn naturiol, oedd yr arweinydd, gan mai ef oedd y rhyfeddaf, ac ef fyddai'n gyfrifol, yn fy mreuddwydion, am arwain y cwmni hynod o un antur cyffrous i'r llall.

Yr oedd Wil Siambar yn un ohonyn nhw. Fe drigai mewn tyddyn bychan yn is i lawr na Clawdd Mieri, ac 'roedd yn rhaid iddo gerdded heibio Clawdd Mieri ar ei ffordd o'r Siambar i'r siop. 'Roeddem ar fin cychwyn i weld Twm ar ôl te pan ddaeth Wil i'r siop yn crynu fel deilen. 'Roedd o'n ysgwyd i gyd fel y plismon tegan hwnnw yn y ffair ar ôl i chi roi'ch ceiniog yn y peiriant i wneud iddo chwerthin.

"'Ga'i dy weld am funud bach, Elwyn?" meddai wrth fy nhad, ac aeth y ddau trwodd i'r storws fach yng nghefn y siop. Gobeithiwn na fyddai Wil yn hir, beth bynnag oedd ei fusnes gyda Dad. 'Roeddwn wedi disgwyl digon am gael mynd i Glawdd Mieri heb iddo ef ohirio f'ymweliad. Euthum i feddwl unwaith eto am Dwm Tatws. Tipyn o destun sbort oedd o i bobl y pentref, a 'doedd y ffaith na allai ynganu bob sŵn yn yr iaith Gymraeg ddim yn help iddo yn hyn o beth. Ni fedrai ddweud ''ll'', ac meddai:

'''Fedra'i ddim deud 'cho' wsti. 'Cho' fydda' i'n 'i ddeud.''

'Roedd honna'n stori uchel gan y ffermwyr, hefyd y stori honno am Twm yn rhuthro i'r siop un diwrnod gan ddweud nad oedd un o'i wartheg yn hanner da. Dywedodd fy nhad wrtho y cawsai ddefnyddio ein ffôn ni yn y siop i alw'r ffariar. Ac am chwerthin a wnaeth y cwsmeriaid wrth ei weld yn codi'r ffôn i fyny, a heb ddeialo rhif na dim, yn gweiddi i mewn i'r derbynnydd: 'Isio ffariar ar unwaith. Ma' 'muwch i'n sâl.'' Trawodd y derbynnydd yn ei ôl, a rhedodd adref i weini ar y fuwch. Os dewch chi i'r Foelwen rhyw dro, mae'n debyg y clywch chi'r straeon yna, a llawer o rai eraill am yr un person, drosodd a throsodd nes iddynt fynd, fel *chewing gum,* er yn felys iawn i ddechrau, i golli'u blas, po mwyaf yn y byd yr eir i gnoi arnynt.

'''Leri, cer i 'nôl dy fam am funud.''

Torrodd llais fy nhad ar draws fy myfyrdodau. Wedi i mi 'nôl Mam, dechreuais wrando ar y sgwrs rhyngddi hi a Dad a Wil Siambar. Gallwn ddweud fod rhywbeth wedi digwydd. 'Doedd hi ddim yn hawdd clywed beth oeddynt yn ei ddweud, gan i Mam gau drws y storws o'i hôl. Daliwn ambell i air a darn o frawddeg yma ac acw, a cheisiais eu cadw yn fy meddwl fel darnau o jig-so a'u rhoi gyda'i gilydd i wneud synnwyr. Yn sydyn, agorwyd y drws, a rhoddodd Dad y darlun yn gyflawn i mi mewn un frawddeg:

''Eleri, mae gin i ofn fod 'rhen Dwm wedi marw.''

Yr oedd Wil wedi galw yno ar ei ffordd i fyny.

Dros nos, daeth gwlith ar y gwellt o rywle, ac o rywle, daeth llu o berthnasau Twm gan glirio Clawdd Mieri o'r holl daclau a fu yno.

Pnawn Gwener, cefais fynd i Glawdd Mieri am y tro cyntaf erioed yn fy mywyd. Trwy ryw lwc, 'roedd un o'r perthnasau wedi bod yr un mor esgeulus o'r tŷ ag y bu o Twm tra'r oedd yn fyw, ac wedi anghofio neu heb drafferthu cloi'r drws ffrynt. Cerddais i mewn. Yr oedd rhyw awyrgylch wag i'r lle, ac fe deimlwn y gwacter yn treiddio i mewn i'm corff, nes gwneud i mi deimlo fel y gwnaf ambell dro ar ôl bod heb fwyd am amser maith, a'm stumog yn llawn o wynt. Euthum drwy'r ystafell fyw, y parlwr, a'r gegin, ac yno, wedi ei adael ar ôl am ryw reswm , yr oedd hen degell. Cymerais ef oddi ar y silff a phenderfynais ei gadw am byth er cof am y sawl oedd piau ef. Yna, cerddais i fyny'r grisiau i'r llofftydd ac edrychais drwy'r ffenestri ar y rhyfeddodau a welai Twm Tatws bob dydd. Ond, fel y dywedais i, y fo oedd y rhyfeddod mwyaf i mi.

Cyrtans

Ar Hydref 11, 1977, yn dawel, mewn dyffryn yng ngorllewin Cymru, bu farw pentref bach Llan-medd, annwyl gartref y diweddar Jonesiaid, Robertsiaid, Williamsiaid, Thomasiaid ac Evansiaid. 'Doedd yna ddim blodau. 'Roedd grug y mynydd eisoes wedi rhydu ar y llethrau, a blodau'r haf wedi llwydo yn y gerddi.

Yr unig ffurf o fywyd ar ôl yn Llan-medd oedd haid o frain cecrus a oedd wedi cartrefu ym mrigau uchaf, meinaf y coed o gwmpas yr hen dŷ ysgol. Yr oedden nhw wedi etifeddu eu cartrefi gan genedlaethau o frain a fu yno o'u blaen, ac yn eu cof 'roedd hanesion a chwedlau y brain hynny am yr ardal. Hanes eu cyndeidiau yn pigo'u tamaid ar gaeau ŷd Evan Jones. Cae Glas, adeg hau a medi; chwedlau am y bwgan dychrynllyd hwnnw a arferai warchod cae tatws Huw Thomas, Y Fron. Straeon am Lan-medd ers talwm, cyn y newid, ac yna, yn ystod y newid. Yn eu tro, fe fyddent hwythau yn adrodd hanes tranc Llan-medd i'w plant.

Yn ôl y straeon, 'roedd pentref Llan-medd ers talwm mor llawn o fywyd â phentref y brain yn y coed. Calon y lle oedd y post-a'r-siop, a werthai bopeth o fara i frws llawr, o stamp i asiffeta. Âi'r bobl yn ôl a blaen o'r tai i'r siop, o'r siop i'r tai, lawer gwaith bob dydd, gan aros ar y ffordd I gael sgwrs â'r hwn a'r llall. Fe aent hefyd i'r bedair organ arall yng nghyfansoddiad y pentref: i'r capel ar y Sul, i'r dafarn a'r

neuadd gyda'r nos ac ambell bnawn, ac âi'r plant i'r ysgol...
O'r coed, gallai'r brain eu clywed yn chwarae a chwerthin a chrio yn yr iard:

"Llyffant, llyffant, 'gawn ni groesi'r afon?"

"Cewch, os oes gynnoch chi liw . . . COCH."

Gwelai'r brain y plant a oedd yn gwisgo rhywbeth coch yn cael croesi'r iard yn ddiogel, tra bo'r plentyn oedd yn chwarae rhan y llyffant yn ceisio'i orau i ddal un o'r lleill.

Cymraeg oedd iaith naturiol eu cartrefi a'u mannau cyfarfod; iaith y siop a'r capel a'r dafarn a'r neuadd a'r ysgol. 'Roedd hyd yn oed cŵn y ffermydd yn ei deall hi a gallai parot Twm Llongwr ei siarad hi'n o lew. Eisteddai'r hen barot ar ysgwydd Twm yn yr ardd pan fyddai hi'n braf gan weiddi dros y lle:

"Taid . . . Taid . . . O Taid bach. O Taid bach."

'Roedd o'n ddirgelwch llwyr i'r brain.

Marwolaeth Evan Jones, Cae Glas a ddechreuodd y newid. Hen lanc oedd Evan, wedi ei eni a'i fagu yng Nghae Glas, fel ei dad a'i daid o'i flaen. Gadawodd Evan y tŷ a'r tir i'w nai, Idris, a drigai yn y pentref, a bu llawer o ddyfalu yn Llan-medd beth a wnâi Idris gyda'i eiddo. Deallodd y brain fod Gwilym Plas yn trio am y lle i'w fab Deiniol a oedd newydd briodi, ond un bore, daeth y newydd i frigau'r coed fod Idris wedi gwerthu Cae Glas i 'ddyn o ffwrdd' am bris uchel iawn. Aeth haid o frain i lawr i'r pentref i gasglu rhagor o wybodaeth, ac fe glywsant y sgwrs ganlynol rhwng dwy wraig yn aros am y bws:

"Mr Watson ydi 'i enw fo, medda' Sam Siop. Dyn neis iawn — o Birmingham medda' fo, a digon o arian yn 'i bocad o. Ma' Sam wrth 'i fodd mai y fo sy wedi cal Cae Glas — gweld 'i hun yn cal cwsmar go dda. Mi fasa'n werth i ti weld 'rhen Sam wrthi efo fo yn y siop bora' ma. 'Welcome to Llan-medd, Mr Watson. We're pleased to have you as a neighbour, Mr Watson. Anything you want, Mr Watson, just let me know. I hope we'll be seeing a lot more of you, Mr Watson."

"Wel, 'wnaiff o ddim. 'Roedd Idris 'i hun yn deud wrtha' i nad ydi'r Mr Watson 'ma ddim yn bwriadu dŵad i fyw i Cae Glas o gwbwl. Am ddŵad yna am 'i wylia' y mae o, ac i fwrw'r Sul o bryd i'w gilydd. Mae Gwilym Plas o'i go' meddan nhw. 'Roedd o wedi meddwl cael Cae Glas i Deiniol ac Eirian yn 'doedd, ac 'roedd Deiniol am ffarmio'r tir."

"Ella y gwnaiff Mr Watson osod y tir iddo fo?"

"Na wnaiff. Mae ganddo fo gynllunia' i godi bynglos yna; mae o'n disgwl y caiff o ganiatâd reit handi. Ond 'does gin Deiniol ac Eirian unlla i fyw rŵan, ac mi fydd y ddau heb waith wedi i'r felin gau ymhen y mis."

"Wel, byddan. Ond wedyn, 'fedra' Gwilym Plas byth dalu'r pris mae Mr Watson wedi'i dalu. Mi glwis i fod Idris wedi cal deuddag mil amdano fo. Meddylia! Ble ma' gin Gwilym Plas ddeuddag mil i brynu lle i Deiniol?"

"Ia, ond mae o yn wastraff o dŷ da, cofia, os mai dim ond ar 'i wylia' y mae Mr Watson am fod yna."

'Ac yn wastraff o gaeau ŷd da,' meddyliodd y brain.

Idris, felly, a ddechreuodd y ffasiwn o werthu tai Llan-medd i estroniaid am grocbris. Ymhen ychydig fisoedd, bu farw Twm Llongwr a gwerthwyd ei fwthyn yntau yr un modd. Fel yr oedd yr hen bobl yn marw, 'roedd eu tai yn cael eu prynu gan bobl o'r trefi mawr a'r dinasoedd, i'w defnyddio fel tai haf. Un ar ôl y llall, rhoddwyd y bythynnod i gysgu dros y gaeaf, fel gwiwerod.

O'r awyr, gwelodd y brain fod Llan-medd yn wael. O'r fan honno, gellid gweld celloedd corff y pentref yn clafychu a darfod.

Fe sylwodd Sam Siop hefyd fod rhywbeth o'i le. Y dyddiau hyn, 'roedd o'n methu'n lân â chael dau ben llinyn ynghyd. 'Roedd llawer o'i hen gwsmeriaid wedi marw, a 'doedd 'na neb wedi cymryd eu lle. Nac oedd, neb. Oherwydd mai'n anaml iawn y byddai'r perchnogion newydd yn ymweld â'u tai, ac fe ddeuent â'u bwyd efo nhw bob tro, o siopau mawr rhad y dinasoedd. Dim ond papur newydd ac ambell i dorth fyddai Mr Watson a'i debyg yn ei brynu gan Sam. Ac yn ddiweddar, 'roedd un o'r siopau mawr rhad wedi agor yn y dref, gan ladrata hyd yn oed ei gwsmeriaid cyson. Gwelodd Sam fod yr amser wedi dod i roi'r post a'r siop a'i gartref ar werth, a mynd i fyw at ei ferch i'r dref . . . 'Roedd yna lawer ar ôl y lle, pobl leol ac estroniaid fel ei gilydd. Aeth cwmni mawr o frain draw i'r arwerthiant i'w gweld nhw'n bargeinio.

"Wel, pwy gafodd o? Rhywun lleol 'ta rhywun o ffwrdd?" holodd un o'r brain a arhosodd ar ôl pan welodd yr haid yn dychwelyd.

"Mi gei di ddyfalu. Ond mi ro' i un cliw i ti. Mi werthwyd y tŷ a'r siop am dair mil ar hugain o bunna'," atebodd un o'r cwmni.

"Os felly, 'doedd o'n neb lleol."

"Nac oedd, wrth gwrs 'doedd o ddim. Sais o'r Wirral brynodd o. Ond mae hwn yn bwriadu dŵad yma i fyw rownd y flwyddyn efo'i deulu. Mae o a'i wraig yn mynd i gadw'r siop a'r post."

Bellach, 'roedd y farchnad dai haf wedi gwthio prisiau tai Llan-medd yn bell, bell o gyrraedd y brodorion.

Daeth y teulu o'r Wirral i fyw i hen gartref Sam, a'r farn gyffredinol amdanyn nhw oedd: 'Maen nhw'n bobol reit neis, ond 'dydyn nhw ddim 'run fath â Sam rywsut. "Doedd fiw i neb fynd i'r drws cefn i 'nôl hanner o fenyn ar ôl i'r siop gau y dyddiau hyn; 'roedd y bobl newydd yn cymryd eu horiau busnes o ddifri. A 'doedd dim posib ymdroi am hydoedd yn y siop i hel straeon fel o'r blaen. Peidiodd y post-a'r-siop â bod yn fan cyfarfod; i fewn, prynu neges ac allan oedd y drefn newydd. 'Roedd colled hefyd ar ôl yr holl fân gymwynasau a wnâi Sam dros bobl y pentref yn rhinwedd ei swydd fel postfeistr Llan-medd, ond wedyn, 'roedd o wedi ei fowldio ym mywyd y pentref o'r cychwyn, ac 'roedd o'n adnabod ac yn deall y lle a'r bobl. 'Doedd y teulu newydd ddim. 'Wnaethon nhw fawr o ymdrech i gymysgu gyda'r pentrefwyr, a 'wnaethon nhw ddim ymdrech o gwbwl i ddysgu Cymraeg. Clywodd y brain y gŵr yn trafod y peth gyda thrafaeliwr un diwrnod:

"Everyone here can speak English, you see, and they're always ready to speak English with us, so there's no point in us learning Welsh, is there? We would if we had to, I suppose. And we've got quite a few friends from home living in Aberarian, just a few miles away, so we often pop over to see them in the evenings. There's nothing to do here in Lan-medd."

A 'doedd yna ddim 'chwaith. Prin oedd mynychwyr y capel a'r dafarn fel ei gilydd y dyddiau hyn, a thenau iawn oedd y gynulleidfa ym mhob cyfarfod yn y neuadd. Gwelodd y brain fod y gwaed fel pe bai'n ceulo yng nghalon y pentref ers i'r post-a'r-siop newid dwylo, a 'doedd 'na'r un o'r pentrefwyr yn ceisio teneuo'r gwaed a'i gael i lifo'n rhwydd unwaith eto. 'Cheisiodd neb doddi'r teulu dieithr i fywyd cymdeithasol Llan-medd, a 'doedd y bywyd cymdeithasol ei hun ddim digon grymus erbyn hyn i ofalu bod estroniaid yn toddi'n rhan ohono yn naturiol. 'Doedd corff Llan-medd ddim digon cryf i wrthsefyll y camdreuliad a ddeuai o geisio llyncu newydd-ddyfodiaid.

Ond 'roedd y brain wedi sylwi ar rywbeth arall hefyd — rhywbeth gwaeth. Nid yr hen bobl oedd yr unig rai i adael Llan-medd. 'Roedd y plant hefyd yn gadael, ac yn mynd fesul un am y trefi mawr a'r dinasoedd i chwilio am waith. 'Roedd diweithdra'r dyffryn, o un pen i'r llall, yn ddiarhebol, ac eithriadau bellach oedd y plant a arhosai gartref ar ôl 'madael â'r ysgol. Deiniol ac Eirian oedd y cyntaf o'r to ifanc i adael. Wedi i Cae Glas gael ei werthu 'doedd ganddyn nhw fawr o ddewis. Yn groes i'w hewyllys, 'roedden nhw erbyn hyn yn magu eu mab ym mwg Birmingham. Ers iddyn nhw fynd, 'roedd dwsinau o bobl ifanc Llan-medd wedi dilyn eu hesiampl. Cawsai'r brain ychydig o'u hanes o bryd i'w gilydd, trwy wrando ar eu rhieni yn sôn amdanynt wrth y cymdogion. Priodi oedd hanes bron bob un, a Saeson oedd eu gwŷr a'u gwragedd. Deuent i Lan-medd am wyliau bob hyn a hyn, gyda'u teuluoedd, a sylwodd y brain mai Saesneg oedd iaith eu plant.

Un noson, daeth brân i fyny o'r pentref gyda'r newydd fod Deiniol ac Eirian a'u mab yn aros yn Plas am bythefnos o wyliau.

"Sut un ydi'r hogyn bach?" holodd un hen frân famol.

"Digon llwyd 'i wedd."

"Ys gwn i fedar o siarad Cymraeg."

"O, mae'n siŵr y medar o. Mae tad a mam hwn yn Gymry Cymraeg, cofia, dim hannar-hannar fel y lleill."

"Mi fetia' i na fedar o ddim," crawciodd brân o'r enw Cranogwen.

"Faint o fet?" gofynnodd un arall.

"Tri chynrhonyn."

"Iawn. Mi awn ni draw yn y bora i weld pwy sy'n iawn."

Fore trannoeth, aeth y ddwy frân i'r coed o gwmpas Plas. Yr oedd Gwilym Plas wrthi yn gweithio yn yr ardd, ond aeth tuag awr heibio cyn i fachgen bach penfelyn redeg allan o'r tŷ a galw:

"Taid . . . Taid . . ."

Trodd un o'r brain at y llall:

"Wel, Cranogwen," meddai hi, "'glywist ti hynna? Mae o yn medru siarad Cymraeg, ac mae arnat ti dri chynrhonyn i mi."

Byddai Cranogwen wedi ateb, ond ar hynny, gwaeddodd y bachgen:

"Oh Taid, *there* you are. I've been looking for you *everywhere*. Are you coming to play, Taid?"

"Hy! 'Glywaist *ti* hynna?" meddai Cranogwen yn barod. "'Fedar o ddim siarad Cymraeg. Mae arnat *ti* dri chynrhonyn i *mi*!"

"Nac oes ddim! Mi fedar o ddeud 'Taid' cystal ag unrhyw

blentyn sy wedi ei fagu yma erioed, ac mae 'Taid' yn air Cymraeg.''

''Hy! Mi fedra' hyd yn oed 'deryn ffansi Twm Llongwr ddweud cymaint â hynny. 'Fedar yr hogyn bach 'na ddim siarad Cymraeg.''

''Cau dy geg, y grawcan. Y *fi* sy'n iawn. Ty'd â'r cynrhon 'na yma.''

'Roedd y ddadl ar fin troi'n ffrae pan ddaeth brân arall i'w cyfarfod yn wyllt.

'''Ydach chi wedi clwad y newydd?'' gofynnodd.

''Pa newydd?'' meddai'r ddwy arall gyda'i gilydd.

''Am yr ysgol. Mae ysgol Llan-medd yn gorfod cau. 'Does 'na ddim digon o blant i'w chadw hi ar agor. Mae plant Llan-medd yn gorfod mynd i ysgol Aberarian o hyn ymlaen.''

Mor dawel a rhyfedd oedd hi yn Llan-medd ar ôl cau'r ysgol! Mor annaturiol o ddistaw! Ac mor drist yr edrychai'r pentref i'r brain, wedi colli ei blant, a'i gorff yntau'n hysb ac yn methu rhoi 'chwaneg.

Diwrnod cynhebrwng Sam Siop oedd hi. 'Roedd y brain i gyd yn bresennol, yn ddu ac yn ddifrifol, fel yr aeth yr hers a'r ceir drwy'r pentref. Yn araf fel malwod, aeth y ceir heibio'r post-a'r-siop. A dyna pryd y clywodd y brain ddarn o sgwrs rhwng dwy wraig ar eu ffordd adref o'r post:

''O ylwch, Mrs Thomas,'' sibrydodd un, '' 'dydyn nhw ddim wedi halio cyrtans siop. Beth feddyliai'r hen Sam, deudwch? Rhyfadd bod cyrtans bob man o gwmpas wedi'u cau a chyrtans siop *heb*'u cau ar ddiwrnod cnebrwng Sam o bawb. Mae hi'n chwith yn'tydi?''

Sylwodd y brain fod llenni'r tai o bobtu Siop wedi'u cau bob un, ond bod llenni Siop ei hun yn agored led y pen. Aeth nifer ohonyn nhw o gwmpas y pentref i gyfri faint o dai oedd wedi cau'r llenni a faint o dai oedd ddim. Y noson honno, ym mrigau'r coed, adroddodd Cranogwen ganlyniad yr arolwg:

''Mae 'na gant a deugain o dai yn Llan-medd,'' meddai hi.

"O'r rhain, 'roedd deg ar hugain wedi halio'r cyrtans a chant a deg heb. Tai pobol leol sy wedi byw yn yr ardal erioed ydi'r deg ar hugain. Tai haf ydi'r lleill."

"A'r post, cofia, lle mae 'na Saeson yn byw trwy gydol y flwyddyn," meddai brân o'r enw Ceridwen. "Chwara' teg, mi ddylan nhw fod wedi halio'r cyrtans heddiw a hitha'n ddiwrnod cnebrwng Sam. Mi ddylan nhw fod wedi dangos dipyn o barch tuag ato fo."

"Parch!" sgrechiodd Cranogwen. "Parch! Deud wrtha' i be' mae cynrhonyn di-asgwrn-cefn fel Sam Siop wedi'i neud i ennyn parch neb erioed? Be' mae unrhyw un o bobl y pentra' 'ma wedi'i neud i haeddu parch? 'Dydach chi ddim yn cofio fel y bu Sam yn llyfu tina' y Saeson cyntaf a ddaeth yma? Ac wedi iddo fo brofi'n bersonol y difrod a ddaeth yn eu sgîl nhw, beth wnaeth o? Gwerthu ei gartra' 'i hun i un ohonyn nhw am grocbris. A 'wyddoch chi be', pan welis i gyrtans Siop yn agored led y pen y pnawn 'ma fel yr oedd yr hers yn mynd heibio, — i mi, 'roedd o fel pe bai'r tŷ yn gwneud hynny'n fwriadol i ddangos ei ffieidd-dra tuag at Sam. Ffiaidd oedd o gin inna' hefyd, yr hen ariangi materol! Mi wertha' hwnna 'i blentyn 'i hun am buntan go dda."

"O, chwara' teg, Cranogwen," protestiodd brân o'r enw Madogwen, "'Weli di fai arno fo am dderbyn y pris ucha' bosib am ei dŷ? Mae pawb isio byw, cofia."

"'Dw i'n gweld bai arno fo," meddai Cranogwen, "am fod yn was bach i arian. Sawl gwaith y mae Mr Williams, y gweinidog, wedi deud fod ariangarwch yn un o'r prif bechodau? 'Roedd gin Sam Siop — a phawb arall yn Llanmedd — ddigon o arian cyn i'r Saeson ddŵad efo'u harian mawr. 'Doedd 'ma neb ar fin llwgu. Ac 'roedd ganddyn nhw bethau eraill, gwerthfawr y tu hwnt i arian. Pentref bach iddyn nhw'u hunain mewn dyffryn hardd, cymdeithas fyw, iach a difyr, iaith a thrysorau eraill eu cyndeidiau a'r teimlad braf o berthyn. Ac eto, pan ddaeth y Saeson, dyma'r Cymry yn gwerthu eu pentref iddyn nhw fesul tŷ, ac yn gwerthu'r

90

gorffennol a dyfodd eu cenedl yn y fargen. Gwerthu popeth a etifeddon nhw gan eu cyndeidiau a phopeth y dylai'r plant ei etifeddu ganddyn nhw. Mae plant Llan-medd wedi cael cam! Mae'r rhieni wedi eu hel nhw oddi yma i Loegar i geisio dod 'mlaen yn y byd a gwneud arian, arian, arian! 'Glywsoch chi Emrys Pen Rhos yn brolio fod Eirlys, ei ferch o, wedi 'gwneud yn dda' yn Llundain, a'i bod hi'n 'ennill arian mawr'? Wel, arian mawr neu beidio, 'fydd hi byth yn gwario ceiniog ohono fo ar docyn trên i ddŵad yma i weld 'i thad. Mae'n chwith gweld Emrys Pen Rhos y dyddia' hyn, mor unig a chrynedig yn ei henaint, a'r un o'r plant yn dod ar ei gyfyl o. 'Fedra' i ddim dallt y bobol 'ma; mae eu gwerthoedd nhw mor groes —''

''Taw bellach, Cranogwen,'' meddai Madogwen ar ei thraws, ''mae'n *rhaid* i'r bobol ifanc fynd i ffwrdd i chwilio am waith, siŵr iawn. 'Weli di fai ar y rhieni am annog y plant i fynd i ffwrdd i ennill eu tamaid yn hytrach na'u hannog nhw i aros adra yn Llan-medd ar y dôl? Cer i gysgu, wir.''

Ond 'allai Cranogwen ddim cysgu. 'Roedd 'na gymaint o bethau yn chwyrlïo yn ei meddwl, yn troi a throi, nes setlo yn y diwedd gan ffurfio cwestiynau:

Pam nad oedd pobl Llan-medd yn gwneud unrhyw beth i achub eu pentref?

Pam oedden nhw'n eistedd yn ôl a gwneud dim tra'r oedd Llan-medd yn marw o flaen eu llygaid?

Sut oedden nhw'n gallu gwerthu eu tai a mynd i ffwrdd, a thrwy hynny roi cyllyll yng nghefn eu pentref eu hunain?

Sut nad oedden nhw'n gweld argyfwng Llan-medd? 'Oedden nhw'n ddall?

Yn y diwedd, penderfynodd fynd draw i Sgubor Wen i ymgynghori â Breched, y dylluan frech.

''Cranogwen annwyl,'' meddai Breched, wedi i'r frân gael dweud popeth a oedd ar ei meddwl, ''mae achos Llan-medd yn un trist dros ben. Yn wir, mae'n anodd credu ambell dro fod pobol Llan-medd yn perthyn i genedl hen iawn, sef cenedl y Cymry, a fu, am ganrifoedd maith, yn genedl gref, ddewr, yn gofalu amdani ei hun ac yn gwrthsefyll ei gelynion. Wrth gwrs, 'roedd hi'n genedl rydd bryd hynny. Ond, rai canrifoedd yn ôl bellach, fe laddwyd eu tywysog mewn brwydr yn erbyn y Saeson, a byth oddi ar hynny, mae'r Saeson wedi eu meddiannu nhw yn araf bach.

'''Roedd hi'n bwysig i'r Saeson allu dofi a thawelu'r Cymry a'u cael o dan eu bawd, ac fe wnaethpwyd hynny mewn ffordd gyfrwys iawn, trwy ddefnyddio hypnosis. Yn raddol, fe hypnoteiddiodd llywodraeth Lloegr genedl y Cymry, nes iddyn nhw golli eu hewyllys eu hunain a'u hysbryd annibynnol, a dod yn hollol ufudd i orchmynion y Llais o Loegr, heb feddwl am holi na gwrthryfela. Mae'r broses o hypnoteiddio yn un hir a chymhleth ac mae hi'n dechrau yn yr ysgol. Mae hi'n hawdd gwneud argraff ar feddwl plentyn, 'ti'n gweld. Wel, yno, yn yr ysgol, lle mae meddwl pob plentyn yn feddal ac yn barod i dderbyn syniadau, mae'r Llais wedi bod wrthi'n ddiwyd yn plannu awgrymiadau. Yn awgrymu fod Cymru'n wlad fach wan a thlawd a di-sôn-amdani, yn awgrymu na ddylai'r un ohonyn nhw ymfalchïo yn eu Cymreictod. Yn ôl y Llais, peth i gywilyddio ynddo oedd bod yn Gymraeg a pheth i'w thaflu o'r neilltu oedd yr iaith, gwarthnod Cymreictod. Ond, meddai'r Llais, gallai pob Cymro bach ddal ei ben i fyny yn y byd trwy droi'n Sais bach, a chyfnewid ei iaith ei hun am Saesneg. Fel Sais, gallai ymfalchïo yng ngorffennol a phresennol ei genedl. Wrth gwrs, gofalodd y Llais nad oedd y Cymry ifanc yn cael gwybod gwir hanes eu cenedl eu hunain yn yr ysgol, na llawer am ddaearyddiaeth na diwylliant nac iaith eu gwlad eu hunain — dim ond hanes, daearyddiaeth, traddodiadau ac iaith Lloegr . . .

''Ac eto, ar hyd y blynyddoedd, mae 'na rai o'r Cymry sy wedi gallu osgoi'r hypnosis. Ac mae llawer o'r rhain wrthi heddiw yn ceisio ymladd y diweithdra, yn ceisio ymladd yn erbyn y tai haf, yn ceisio ymladd dros yr iaith a'r diwylliant, ac yn ceisio deffro'r bobl eraill. Ond 'dydi o ddim yn waith hawdd. Yn wir, mae ceisio perswadio pobl sy'n ddwfn dan hypnosis fod eu gwlad mewn argyfwng erchyll yn beth eithriadol o anodd. Dim ond llais llywodraeth Lloegr y maen nhw'n ei glywed. Ac eto, Cranogwen, mae'r bobl yma sy'n effro wedi cael llwyddiannau sylweddol, ac maen nhw wedi gallu dihuno llawer o'r rhai a fu'n cysgu. Y cwestiwn mawr, wrth gwrs, ydi: 'fedran nhw ddeffro digon o bobl mewn pryd?''

Yn achos Llan-medd, 'roedd hi'n rhy hwyr. Un gwasanaeth a gynhaliwyd yng Nghapel Bethania ar ôl cynhebrwng Sam Siop, a dim ond dau oedd yn bresennol. Clustfeiniodd Cranogwen ger y ffenest, a chlywodd Mr Williams, y gweinidog yn dweud:

''Daw'r testun heno o'r unfed bennod ar bymtheg o Efengyl Mathew, y chweched adnod ar hugain:

'Pa lesâd i ddyn os ennill efê yr holl fyd, a cholli ei enaid ei hun?' ''

Porthodd y frân ef trwy'r bregeth, er iddi deimlo yn ei chalon ei bod yn deall pobol Llan-medd ychydig yn well erbyn hyn.

Cynhaliwyd y cynhebryngau yng nghapel Moreia, Aberarian, o hynny ymlaen. Bob tro y deuai'r hers i Lan-medd i hebrwng un arall oddi yno, âi'r brain o gwmpas y pentref i gyfri faint o dai oedd wedi cau'r llenni. Aeth y rhif yn llai ac yn llai. Emrys Pen Rhos oedd yr olaf un i adael. Fe fu farw fel y bu byw tua diwedd ei oes — yn unig, ar ei ben ei hun yn y tŷ, ac aeth pum niwrnod heibio cyn i neb ddod o hyd iddo.

Ar Hydref 11, 1977, prynwyd Pen Rhos gan ŵr o Lundain, ar gyfer ei wyliau. 'Roedd y cancr a fu'n bwyta

Llan-medd ers rhai blynyddoedd wedi gorffen ei waith. 'Doedd llenni'r un o'r tai wedi eu cau y diwrnod hwnnw, ond gwelodd y brain bob un y cyrtans terfynol yn cael eu tynnu dros y pentref. Bellach, rhyw Butlins o bentref gwyliau oedd Llan-medd.